KB188395

유령 후보생

유령 후보생

초판 1쇄 찍음 2013년 04월 05일
초판 1쇄 펴냄 2013년 04월 15일

지 은 이 아카가와 지로
옮 긴 이 한성례
펴 낸 이 김일권
총 기 획 최호성
펴 낸 곳 씨엘북스

출판등록 2011년 9월 21일, 제25100-2011-00088호
주   소 서울특별시 마포구 서교동 370-28 302호
전   화 Tel (02)334-7048 Fax (02)334-7049
E-mail clbooks@naver.com

ISBN 978-89-97722-29-7   03830

유령 후보생

아카가와 지로 지음
한성례 옮김

씨엘북스

차례

제1장 유령 후보생 _7

제2장 쌍둥이의 집 _ 61

제3장 사자는 잠들었다 _ 115

제4장 거리에 비가 내리듯 _ 169

제5장 잠자는 관 속의 미녀 _ 223

옮긴이의 말 _ 276

제1장

유령 후보생

유령 후보생

1

그날 점심에도 메뉴를 고르느라 한참을 고민했다. 마흔을 넘기면서 슬슬 배가 나오기 시작했기 때문이다. 건강을 생각하면 가볍게 때워야겠지만 경시청 수사 1과 소속 형사로서 업무에 충실하기 위해서는 체력을 관리하는 일도 중요하다. 건강식이냐 스태미나식이냐를 놓고 망설이다가 결국 돼지고기 철판구이와 야채샐러드라는 절충안을 선택했다.

덩치가 큰 하라다 형사는 점보 햄버그스테이크에 밥을 곱빼기나 얹어 왔다. 음식에 한이라도 맺힌 사람처럼 내 앞에 앉아 게걸스럽게 먹어치우고서는 만족스러운 듯 휴 하고 한숨을 내뱉었다. 접시 바닥까지 깨끗이 비웠으니 아무리 훈련이 잘된 경찰견이라 해도 스테이크 부스러기 하나 찾아내지 못하리라.

나는 아직 반도 못 먹은 상태다.

"경감님, 여태 그것밖에 못 드셨네요. 천천히 드세요."

아직 음식이 많이 남아 있는 내 접시를 보며 하라다가 말했다. 내가 늦게 먹는 게 아니라 하라다 네가 너무 빨리 먹은 거라고.

하라다는 늘어지게 기지개를 켰다. 하라다의 무게를 못 이긴 의자가 비명을 질렀다.

"열심히 먹었더니 또 배가 고파요."

정말이지 이렇게 식탐이 많은 사람과는 같이 다니고 싶지 않다.

"그나저나 날씨가 너무 춥네요."

"아직 2월이니까."

"언제쯤 따뜻해질까요?"

"그야 기온이 올라가면 따뜻해지겠지."

"아하, 그렇겠군요."

하라다를 놀려주려고 했던 나는 그가 진지하게 받아들이는 바람에 김이 새버렸다.

대화가 끊어지자 자연스레 식당 텔레비전 쪽으로 눈이 갔다. 마침 정오 뉴스가 나오고 있었다.

'승용차가 호수에 빠져 대학생 두 명 사망.'

"아니, 저런!"

나도 모르게 소리를 질렀다.

"저 학생들은 이 엄동설한에 수영이라도 한 걸까요?"

방송에 나온 자막을 함께 봤는데도 하라다는 그답게 어이없는 발언을 했다.

"나가노 현 중부 K 호수에 승용차가 추락했습니다. 차에 탔던 대학생 두 명은 사망한 것으로 보입니다."

사고 소식을 전하는 아나운서의 표정이 저리 밝아도 되나. 좀 거슬리는군.

갑자기 장면이 바뀌고 눈 덮인 숲과 차가워 보이는 물이 가득 찬 호수가 화면에 비쳤다.

"나가노 현 경찰 본부에 따르면 오늘 새벽 도로 위를 달리던 승용차 한 대가 도로를 벗어나 호수로 추락했다고 합니다. 마침 근처를 지나던 한 산장 투숙객이 이를 목격하고 파출소에 신고했습니다. 현지 경찰관과 소방대원이 신속하게 출동했지만 수심이 10미터가 넘는 데다 바닥은 두터운 진흙층이어서 손도 쓰지 못했다고 합니다. 결국 크레인과 잠수부를 동원해서 세 시간 만에 차체를 겨우 끌어 올렸습니다."

수면 위로 끌어 올려진 차체가 처참한 형상으로 물을 토해내는 모습이 적나라하게 텔레비전 화면에 비쳤다.

"세상에나……. 저 차 아까워서 어쩐담!"

하라다가 끌끌 혀를 찼다.

사람이 아니라 차가 아깝다고? 그러면 그렇지. 그래야 하라다답지. 무슨 말이 더 필요하랴.

나는 다시 음식을 먹으려고 고개를 돌렸다. 고기 한 점을 집어 입에 넣으려는 순간 하라다가 갑자기 소리를 질렀다.

"경감님!"

"뭐야? 깜짝 놀랐네. 고기가 목에 걸렸잖아!"

"저기 좀 보세요."

하라다는 UFO라도 본 듯한 표정으로 텔레비전을 가리켰다.

고개를 돌려 텔레비전 화면을 본 순간 나 역시 소스라치게 놀랐다. 놀란 정도가 아니다. 세상이 멈춰버린 듯 아무 소리도 들리지 않았다. 텔레비전 화면에 나란히 비친 두 장의 흑백사진 때문이다. 한 장은 장발의 젊은 남자다. 또 한 장은……

"조사 결과 차에 타고 있던 사람들은 도쿄 T 대학 4학년생 스즈키 마사후미 씨와 나가이 유코 씨로 밝혀졌습니다. 인양했을 당시 차 문은 열려 있는 상태였으며 동승했던 두 사람은 발견되지 않았습니다. 차 내부에는 탈출을 시도한 흔적이 없으며 따라서 생존 가능성은 희박합니다. 수색조의 지휘를 맡은 S 마을 경찰서 무로쓰 서장의 말에 따르면 호수의 수온이 너무 낮아서 잠수부들이 장시간 수색하기 어려운 상황이라고 합니다. 현재 두 사람은 호수 바닥 진흙 속에 묻혀 있다고 추정되나 위치 파악에 난항을 겪고 있습니다. 다음 뉴스입니다."

나가이 유코는 죽었다.

스물둘이라는 젊은 나이에 대학 졸업을 눈앞에 두고 죽고 말았다. 아아, 어떻게 이런 일이…… 마흔 살인 나도 이렇게 살아 있는데, 내 나이의 반밖에 살지 못한 여자가 죽었단 말인가!

유코가 죽었다.

말괄량이 아가씨 유코. 그녀의 쾌활한 말과 행동은 나를 웃게 만들었다. 가끔씩 건방지고 냉소적인 태도를 보일 때도 있었지만 그런 모습마저도 사랑스러웠다. 모험을 참 좋아했었는데. 욱하는 성격에 승부 근성은 어찌나 강했는지. 예리한 관찰력과 직감으로 골치 아픈 사건도 술술 풀어내던 명탐정. 둘도 없는 나의 파트너.

그녀가 죽어버렸다!

지난해 승객 전원이 갑자기 사라져 '유령 열차'라는 이름이 붙은 전대미문의 괴사건을 수사할 때 내 앞에 불쑥 나타났던 그녀. 사건을 해결하고 내 침대로 미끄러지듯 들어왔던 기묘한 아가씨.

그런 유코가 죽었다.

하찮은 교통사고로 죽고 말았다.

이 무슨 기구한 운명이란 말인가! 유코와 나는 여러 사건을 해결하면서 절체절명의 순간에 맞닥뜨린 적이 한두 번이 아니었다. 그럴 때마다 우리는 늘 살아 돌아왔는데……. 홀아비에다 출세도 못한 나를 그토록 사랑해주었는데……. 그랬던 유코가 교통사고로 죽다니! 도대체 나의 어디가 좋았는지 묻고 싶어도 그 대답은 이젠 영원히 듣지 못하리라.

유코……. 아아! 나의 유코.

2

흔하디흔한 살인 사건이었다. 남편의 외도를 눈치챈 아내가 내연녀의 아파트로 쳐들어가서 미리 준비해 간 과도로 내연녀를 찔러 죽였다. 내연녀를 죽인다 한들 남편이 돌아올 리 없는데도 돌아올 거라고 헛된 희망을 품은 아내는 결국 살인을 저지르고 말았다.

"남편이 사진 촬영을 어지간히 좋아했나 봅니다."

하라다는 붙박이 선반에 나란히 꽂힌 열 권 정도의 앨범을 보며 말했다.

"아닐 수도 있지. 여자가 찍어달라고 졸랐을지도 모르잖아."

나는 가장 최근 것으로 보이는 앨범을 꺼내어 한 장 한 장 넘겨보았다.

"여자란 동물들은 어떻게든 추억을 남겨놓지 않으면 직성이 풀리지 않으니까."

"그런가요?"

나는 문득 유코와 함께 찍은 사진이 거의 없다는 사실을 깨달았다. 여행 갈 때 카메라를 챙기는 습관도 없거니와 이 나이에 연인과 팔짱을 끼고 사진 찍기가 어색했기 때문이었다. 이럴 줄 알았으면 사진을 많이 찍어둘걸. 후회가 밀려들었다. 그거라도 있으면 유코와의 추억을 오랫동안 간직할 수 있을 텐데. 나는 열기로 푹푹 찌는 10제곱미터 남짓한 아파트 방에 홀로 앉아서 창밖을 멍하니 내다보았다. 장마가 끝나고 한여름 뜨거운 태양이 사정없이 내리쬐고 있었다. 벌써 7월이다.

유코가 죽은 지 벌써 다섯 달이 지났다. 시신은 아직도 발견되지 않았다. 나는 유코가 살아 있을지도 모른다는 희망을 버리지 않았었다. 그러나 사고가 난 지 150일이 지나고 나니 희망은 사라졌다. 사건 직후 K 호수로 가서 현지 경찰서장과 목격자들로부터 상세한 정황 설명을 들었으나 희망적인 내용은 하나도 없었다. 사고 직전에 마침 그곳을 지나가던 농가의 주부에게 두 사람이 길을 물었다는 사실도 밝혀졌다. 차량에 함께 탔던 사람은 틀림없이 유코였다.

일주일쯤 지나 호수 주변에서 핸드백이 발견되었다. 유코의 핸드백이 확실했다. 내가 사준 핸드백이었기에 한눈에 알아보았다. 그 핸드백은 지금 내가 가지고 있다. 유코의 숙부인 나가이 도시유키 씨가 나에게 넘겨주었다.

나가이 도시유키 씨는 사고 발생 후 한 달 정도 지나서 처음으로 만났다. 학자 분위기가 물씬 풍기는 품위 있는 신사로 유코의 숙부이자 후견인이었다. 그는 유코가 자주 내 얘기를 했다며 만나자마자 먼저 내 손을 꼭 쥐었다.

"경감님, 이대로 장례식을 치를 순 없습니다. 그 아이가 이리 쉽게 갔을 리 없어요. 반드시 살아 돌아올 겁니다."

절망적인 상황을 애써 거부하는 비통한 말투가 아니었다. 실제로 유코가 살아 돌아올 거라 굳게 믿고 있었다. 나가이 씨가 말하는 폼이 어찌나 유코와 비슷한지 나는 울음을 삼킨 웃음이 나왔다. 나 역시 나가이 씨와 같은 생각이었다.

그로부터 4개월이 지났는데도 유코는 아직도 돌아오지 않았다. 이제 정신을 차려야 할 때가 되었다.

"경감님, 시체를 끌어낼까요?"

하라다의 말에 정신이 번쩍 들었다.

"아, 그렇게 하게."

나는 앨범을 선반에 다시 올려놓으려다 그만 손에서 놓치고 말았다. 앨범이 바닥으로 맥없이 떨어졌다.

"아니, 경감님. 중풍이라도 걸리셨습니까?"

눈치 없는 하라다는 농담을 해야 할 때와 아닌 때를 구별하지 못한다. 나는 그를 노려보다가 고개를 돌렸다. 무심코 바닥에 펼쳐진 앨범에 시선이 갔다. 살해된 여자가 생전에 여행지에서 찍은 사진인 듯했다. 배경이 어딘가 낯익은데 도무지 모르겠다. 사진 아래 쓰인 메모를 보고 겨우 생각이 났다. 'K 호수에서'. 아! 유코가 죽은 바로 그 호수다.

앨범에는 호수 사진이 많이 있었다. 나는 여러 페이지에 걸쳐 있는 호수 근방에서 찍은 사진을 자세히 살펴보았다.

"우노 경감님, 이제 그만 돌아가시죠."

하라다가 이마의 땀을 닦으면서 말했다.

"에어컨을 켤걸 그랬습니다. 멀쩡히 저기 있는데. 그런데 이제 전기 요금은 누가 내죠? 어? 경감님, 왜 그러십니까?"

나는 꼼짝도 하지 않고 사진 한 장을 뚫어져라 들여다보았다. 살해된 여자가 K 호수 주변 나무에 기대어 미소 짓고 있는 사진이다.

여자의 뒤편에는 다른 관광객들이 몇 명이 찍혔는데, 다초점렌즈 카메라로 찍었는지 얼굴을 확실히 알아볼 수 있을 정도로 선명했다. 그리고 그들의 옆모습 중 하나는…….

"하라다, 이 사진 좀 봐."

"네?"

하라다가 내 곁으로 다가와 얼굴을 들이밀었다.

"세상에……. 이건 유코 씨 아니에요?"

"자네도 그렇게 보이지?"

"이럴 수가! 이건 사고를 당하기 전에 찍은 사진인가요?"

하라다는 놀라 눈을 동그랗게 떴다.

날짜가 찍히는 카메라를 사용했는지 사진 밑부분에 날짜가 나와 있다.

"아니야. 올해 6월 30일이라고 나와 있어."

"아니, 그럼 이건 대체……. 유령입니까? 유코 씨의 유령이 사진에 찍힌 걸까요?"

하라다는 눈을 하도 크게 떠서 눈알이 튀어나올 것만 같다.

"하라다, 나 며칠 휴가 좀 내야겠다."

나는 그 사진을 앨범에서 꺼내어 주머니에 넣었다.

"가자! 하라다, 왜 그래? 왜 그렇게 앉아 있어?"

"유, 유코 씨의 유령이라니……. 너무 무서워서 다리에 힘이 하나도 없어요."

하라다는 파랗게 질려 덜덜 떨었다.

유코가 살아 있다!

나는 그 사진에 찍힌 여자가 유코임을 한눈에 알아보았다. 우연히 닮은 사람이라고 하기엔 너무 많이 닮았다. 하지만 정말 유코가 맞다면 왜 5개월 동안 모습을 드러내지 않았을까. 그런 의문이 잠시 들었지만 나는 그녀가 살아 있다는 사실만으로도 너무나 기뻐서 길 한복판에서 춤이라도 추고 싶은 심정이었다.

한시도 지체하고 싶지 않았다. 지금부터 밤새도록 차로 달리면 아침에는 K 호수에 도착할 수 있다. 나는 상사인 혼마 경정에게 전화를 걸었다.

"아, 우노 경감! 무슨 일인가?"

"유코가 살아 있습니다. 전 당분간 휴가 좀 내겠습니다. 그럼."

필요한 말만 하고 전화를 끊으려는데 상대방은 그리 내버려두지 않았다.

"이봐! 잠깐만. 그게 무슨 말이야?"

"유코가 살아 있다고요."

수화기 넘어 상대방의 한숨 소리가 들렸다.

"우노, 내가 자네 심정을 이해 못 하는 건 아니네. 하지만 현실을 직시해야지."

혼마 경정은 내가 노이로제에 걸려 헛소리를 지껄인다고 생각하나 보다.

"네. 현실을 직시했기 때문에 알아낸 겁니다. 그럼 수고하세요!"

"이봐! 우노!"

더 이상의 말은 필요치 않았다. 나는 수화기를 내려놓았다. 기분이 너무 좋아 날아갈 것만 같다. 이대로 직장에서 잘려도 좋다. 교통순경으로 좌천되어도 상관없다. 하루 종일 서 있으면 배도 들어갈 테니 오히려 건강에 좋을 터이다.

나는 지인에게서 차를 빌려 K 호수로 출발했다.

유코가 살아 있다!

"그럼 그렇지! 유코는 그깟 교통사고로 죽을 사람이 아니야!"

나는 운전을 하며 호탕하게 소리를 질렀다.

새벽 두 시 반. K 호수 근처까지 왔다. 나무 사이로 밝게 빛나는 호수가 보였다. 전에 왔을 때는 절망에 휩싸여 마음이 돌덩어리 같았는데 이번에는 파티라도 성대하게 하고 싶은 심정이다.

나는 큰 소리로 「메리의 양」이라는 제목의 노래를 부르면서 차를 몰았다. 선곡이 별로 맘에 들지는 않았지만 이 순간만큼은 어떤 노래라도 상관없다. 하지만 얼마 못 가 무턱대고 기뻐하기만 할 상황이 아님을 깨닫고 노래를 멈추었다.

사진에 유코의 모습이 찍히긴 했지만 벌써 보름 전 일이다. 그녀가 계속 이 호숫가 근처를 맴돌고 있다고 보긴 어렵지 않은가. 어디서 그녀를 찾아야 할지 짐작조차 가지 않는다. 일단 그 사진을 찍은 장소부터 찾아야 한다. K 호수의 어디쯤일까. 나무가 있고 호수가 보이고…… 이런, 이 근처는 다 그렇게 생겨먹었잖은가!

그래! 내일은 하루 종일 호수 주변을 걸어보자. 사진에 나온 장소를 반드시 찾아내고야 말리라.

또 하나 의문이 떠올랐다. 유코는 왜 지금까지 자신이 살아 있다는 사실을 아무에게도 알리지 않은 걸까. 무슨 사정인지는 몰라도 최소한 나한테는 연락했어야지 않나. 이제 나에게서 마음이 떠났나. 나는 두려운 마음에 눈을 감아버렸다.

아무리 생각해봐도 이유를 모르겠다. 하지만 그건 유코를 만나 직접 들으면 해결될 문제였다.

나는 차의 속도를 조금 늦췄다. 어두운 밤이라서 확실치는 않지만 유코가 탔던 차가 추락한 곳이 이 부근인 듯해서다.

역시 내 예상이 맞았다. 앙상했던 나무들이 지금은 잎이 무성해져 풍경이 조금 바뀌었지만 이곳이 사고 장소임은 분명하다. 나는 차를 세우고 밖으로 나갔다. 달빛이 주위를 온통 은색으로 물들인 고요함 속에서 나는 아무 흔적도 없는 잔잔한 수면을 바라보았다. 이렇게 차가운 호수 속에 차가 처박혔는데 유코는 어떻게 살아남았을까. 유코와 차에 같이 탔던 스즈키라는 남학생은 어떻게 되었을까. 그는 대학에서 유코와 같은 지도 교수 밑에 있던 학생이다. 사고 당일, 지도 교수 연구실의 졸업 기념회가 이 호숫가에서 열렸다. 두 사람은 사정이 있어 늦게 출발했고 먼저 도착한 친구들을 뒤따라가던 중에 사고를 당한 것이다.

시원한 새벽 공기를 얼굴에 맞으며 나는 가만히 서서 잔물결 하나 없는 호수의 수면을 바라보았다. 그러다가 옆에 있는 나무에 기대어 잠시 유코와의 추억을 떠올렸다. 누가 내 모습을 보면 낮 시간에 방영되는 재미도 없는 멜로드라마를 찍는 줄 알겠다.

그때 갑자기 잔잔하던 수면이 일렁였다. 뭐지? 뭔가 움직이고 있다. 나는 그곳을 응시했다. 무언가가 천천히 파도를 일으키며 수면 위를 미끄러지듯 헤엄쳐 왔다.

이 호수에 네시가 나온다는 이야기는 들은 적이 없는데.

다가오는 물체는 네시라고 하기에는 목도 짧고 머리도 너무 작다. 저건 사람 같은데. 아무리 여름밤이라고 해도 이런 시간에 수영을 하다니 참 별난 취미를 가진 사람이다.

그 사람은 내가 서 있는 곳에서 조금 떨어진 물가로 헤엄쳐 올라왔다. 사람이라면 어차피 남자거나 여자거나 둘 중의 하나일 테니 별로 놀랄 일도 아니다만 그 여자의 뒷모습을 본 순간 나는 너무 놀라 그만 숨이 멎을 뻔했다.

그녀는 수영복을 입지 않았다. 원피스나 파자마 차림도 아니었다. 다시 말해 그녀는 나체 상태로 헤엄을 친 것이었다. 그녀의 물에 젖은 하얀 몸은 달빛에 반짝반짝 빛났다. 긴 머리는 어깨부터 등까지 달라붙어 있었다.

그녀는 수풀 쪽에 옷을 벗어놓았는지 그쪽으로 걸어갔다.

그녀의 뒷모습이 낯이 익었다. 나는 나무 뒤를 돌아 그녀에게 몰래 다가가려다 그만 나무뿌리에 걸려 넘어지고 말았다.

그 소리에 그녀는 깜짝 놀라 뒤를 돌아보았다. 밝은 달빛 덕에 그녀의 얼굴이 또렷하게 보였다. 그녀는 바로 유코였다!

그녀는 다시 호숫가로 뛰어가더니 내가 말을 걸 틈도 없이 호수에 뛰어들었다.

"유코!"

나는 큰 소리로 유코를 불렀지만 그녀는 듣지 못했는지 빠르게 호숫가에서 멀어져 갔다. 나는 그녀를 쫓아 망설임 없이 호수에 몸을 던졌다.

3

여관 주인 부부는 서로 눈빛을 주고받더니 의심스럽다는 듯 나를 이리저리 뜯어보았다. 새벽 세 시가 넘어서 온몸이 흠뻑 젖은 남자가 재워달라고 왔으니 수상할 만도 하다. 경찰을 부르지 않은 것만 해도 고마운 일이다.

썩 내키지는 않았지만 나는 주인 부부의 의심을 덜어주고자 경찰수첩을 보여주었다. 그러자 주인 부부의 태도는 갑자기 싹 달라졌다.

"2층에 제일 좋은 방 하나가 비어 있어요."

"목욕물도 받아놨습니다. 바로 목욕하실 수 있게요."

"짐은 제가 들어드리겠습니다."

비밀 수사를 위해 경시청 형사가 특별히 도쿄에서 이곳까지 왔다고 굳게 믿는 눈치다.

"흉악범을 잡으려고 호수에 뛰어드셨나요?"

여주인이 심각한 표정으로 물었다. 갑작스러운 질문에 나는 발을 헛디뎌서 그랬다고 어설프게 대꾸했다. 이 말을 과연 믿어주려나.

나는 젖은 옷을 베란다에 널고 욕실에 있는 탕 안에 들어가 차가워진 몸을 녹였다.

어렵게 찾은 유코를 놓쳐버려 아쉽지만 그래도 괜찮다. 그녀가 지금 이 근방에 있다는 사실을 알게 되었으니까.

물에 뛰어든 나는 유코를 거의 따라잡았지만 손에 닿으려는 순간 그녀는 물속으로 들어가 버렸다.

유코가 어느 쪽으로 갔는지 알 길이 없어 나도 잠수해서 유코를 찾아보았지만 물속이 어찌나 어둡던지 눈을 감고 있는 거나 마찬가지였다. 한참을 헤엄치며 찾아 헤매다가 포기하고 호숫가로 돌아왔다. 주변 수풀 속을 찾아봤지만 옷은 눈에 띄지 않았다. 내가 허둥거리며 헤엄치는 동안 그녀는 물 밖으로 나가 옷을 가지고 자취를 감춰버린 듯했다.

뒤쫓던 사람이 나라는 걸 알았으면 도망치지 않았을 텐데…….

유코는 도대체 왜 이 밤중에 호수에서 헤엄치고 있었을까. 그것도 알몸으로. 그 호수는 그녀가 차를 타고 추락했던 곳이다. 그 추락 사건과 무슨 연관이 있는 걸까? 자신이 살아 있다는 사실을 아무에게도 알리지 않은 이유와도 관련이 있을지 모른다.

나는 생각에 잠겼다. 서양에서는 애거사 크리스티를 비롯한 많은 사람들이 목욕을 하면서 아이디어를 구상한다는데, 일본인들은 뜨

거운 욕실에서는 좋은 생각이 떠오르지 않나 보다. 추리를 하려고
용을 쓰며 머리를 쥐어짜는 동안 한 시간 가까이 흘렀다. 정신 차렸
을 때는 온몸이 삶은 문어처럼 벌게져 있었다. 녹초가 되어버린 나
는 비틀거리며 침대로 다가가 그대로 쓰러져 잠들었다.

눈을 떴을 때 시곗바늘은 벌써 아침 아홉 시 반을 가리키고 있었
다. 나는 황급히 아래층으로 내려가 여관에서 준비해준 다 식어버
린 아침밥을 먹었다.

면도를 하고 말끔히 몸을 씻고 나니 겨우 정신이 들었다.

자, 이제 어떻게 하면 좋을까. 먼저 유코가 찍힌 사진을 이 부근
여관 주인들에게 보여주고 본 적이 있는지 물어봐야겠다. 이 여관
주인 부부부터 시작할 계획이다. 어젯밤은 뭔가를 물어볼 상황이
아니었다.

아침부터 날씨가 몹시 더웠다. 어젯밤 베란다에 널어둔 옷도 완
전히 말랐다. 옷을 입고 아래층 로비에 내려가 보니 투숙객들이 소
파에 앉아 신문을 읽거나 텔레비전을 보고 있었다. 나도 빈 소파에
앉아 신문을 들춰보았지만 흥미로운 기사는 없었다. 주인 부부는
보이지 않았다.

따분해진 나는 로비에 있던 투숙객들을 하나하나 살펴보았다. 그
러다가 한 남자의 얼굴에 눈길이 멈추었다. 체구가 작은 평범한 중
년 남자다. 만년 말단 세일즈맨 같은 인상에 머리가 약간 벗겨졌고
도수가 높은 안경을 썼다. 분명 어디선가 본 적이 있는 얼굴이다.

어디서 봤더라? 분명 낯이 익은데…… . 나는 직업상 사람 얼굴을 잘 기억하는 편이다. 금방 생각나지 않는 걸 보면 아마도 한두 번 정도 만 만났으리라.

나는 자꾸만 그가 신경 쓰였다. 낯설지 않아서이기도 했지만 뭐가 그리 불안한지 안절부절못하고 있었기 때문이다. 노상 현관 쪽을 쳐다보면서 사람이 들어올 때마다 일어나 확인하고는 실망한 표정으로 자리에 앉기를 반복했다. 아무래도 누군가를 기다리고 있는 눈치다.

그사이 여주인이 접수대에 들어왔다. 나는 그녀에게 다가갔다.

"안녕하세요?"

"네, 안녕하세요? 어제는 잘 쉬셨습니까?"

"네. 덕분에요."

나는 헛기침을 하고 대답했다.

"한 가지 물어볼 게 있습니다."

"물어보세요. 뭔데요?"

"이 사진에 있는 여자 혹시 본 적이 있습니까?"

나는 유코가 찍힌 사진을 꺼내어 보여주었다.

"이 여자요? 글쎄요…… ."

"아니, 가운데 있는 사람 말고 뒤쪽의 여기 옆모습이 보이는 이 사람 말입니다."

"아! 이 사람이요? 물론 알죠!"

여주인의 표정이 밝아졌다.

나는 어이가 없어 순간 멍해졌다. 이렇게 쉽게 찾으리라곤 예상하지 못했다.

"정말입니까? 이 여자를 아신다고요?"

"네. 알고말고요. 그런데 이 사람을 왜 찾으시는데요?"

"아, 그건 저기……."

"이 사람이 나쁜 짓을 할 리는 없는데요."

"네. 압니다. 그런 건 아닙니다."

"그럼 다행이네요."

여주인은 안심한 표정으로 말했다.

"이분은 나이토 씨 댁 작은 사모님입니다만."

나는 얼굴이 창백해졌다.

"작은 사모님이라고요?"

"네. 나이토 씨 아들의 부인이에요."

나는 필사적으로 진정하려 했지만 떨리는 목소리를 감출 방법이 없었다.

"그러면 그 사모님은 어디 가면 만날 수 있을까요?"

"글쎄요……."

여주인은 고개를 갸우뚱했다. 그러더니 현관 쪽을 보며 말했다.

"아! 찾던 분이 마침 저기 오시네요."

뒤를 돌아보자 현관 유리문을 열고 유코가 들어오고 있었다.

"유코!"

“어머나! 아저씨!”

“유코! 살아 있었구나!”

“보고 싶었어요!”

두 사람은 서로에게 달려가 와락 부둥켜안았다.

내 상상대로라면 이렇게 되어야 하겠지만 현실은 전혀 달랐다.

나는 그토록 그리워하던 유코를 만났는데도 정작 아무 말도 하지 못했다. 캐쥬얼 셔츠와 청바지를 입은 유코는 성큼성큼 접수대를 향해 걸어오더니 나에게는 눈길도 주지 않고 여주인에게 미소를 지으며 말을 걸었다.

“안녕하세요?”

“안녕하세요, 사모님? 오랜만입니다. 남편분은 잘 지내세요?”

“네. 많이 좋아졌어요. 지붕 수리는 다 하셨나요?”

“아직요. 안 그래도 오늘 목수가 오기로 했어요.”

“그래요? 날씨도 좋은데 잘됐네요.”

“네. 저기…… 사모님, 이분이 사모님께 볼일이 있으시다고…….”

“저한테요?”

“네.”

유코는 나를 쳐다보았다.

“무슨 일이시죠?”

나는 망연자실했다. 무슨 말부터 해야 할지 몰라 멍청히 서 있기만 했다. 지금 내 눈앞에 서 있는 사람은 나를 그토록 사랑했던 나가이 유코인데 그녀는 전혀 모르는 남을 대하듯 나를 바라보고 있다.

"저는 나이토 교코라고 합니다. 실례지만 누구신지요?"

그녀가 재차 물었다.

"네, 저는 우노라고 합니다."

"우노 씨요?"

"경시청 형사님이세요."

여주인이 끼어들었다.

"경시청이요? 경시청에서 저한테 무슨 볼일이세요?"

"아. 저기……. 사실은……."

나는 필사적으로 감정을 억누르고 태연한 척 행동했다.

"나가이 유코라는 여자를 아십니까?"

"나가이 유코?"

"영원의 영永 자에, 석양의 석夕 자를 쓰는 이름인데요."

"글쎄요……."

그녀는 고개를 갸우뚱했다.

"죄송하지만 생각나는 사람이 없네요."

"아, 그렇습니까?"

"근데 그분이 왜요?"

"현재 행방불명 상태입니다."

"어머나, 안됐군요. 그런데 그걸 왜 저한테 물으세요?"

"아, 그건……."

이럴 땐 뭐라고 해야 하나.

"사모님!"

갑자기 현관에서 험악한 목소리가 들렸다. 돌아보니 엄청나게 덩치가 큰 남자가 금방이라도 들이닥칠 기세로 현관을 막아서다시피서 있었다. 키가 2미터는 충분히 되어 보였다. 키뿐 아니라 몸집도보통 사람의 두 배는 됨직했다. 저렇게 덩치가 크면 엄청난 괴력의소유자일 터이다. 나이는 30세 정도로 어려 보였다.

"네."

유코가 현관 쪽을 돌아보았다.

"서두르셔야 합니다."

"아! 지금 나갈게요."

유코가 다시 나를 향해 돌아서며 말했다.

"볼일이 좀 있어서요. 죄송합니다. 참, 성함이 우노 씨라고 하셨죠?"

"네. 맞습니다."

"네. 그럼 수고하세요."

유코는 가볍게 고개 숙여 인사하고 빠른 걸음으로 사라졌다. 나는 멀어져 가는 그녀의 뒷모습을 멍하니 바라볼 수밖에 없었다.

그때였다. 방금 전까지 로비에서 누군가를 기다리는 듯 현관만바라보던 안경 쓴 중년 남자가 일어나 유코의 뒤를 보았다. 그 남자는 차를 타려던 유코에게 달려가 무언가를 열심히 이야기하기 시작했다. 현관 유리문 때문에 무슨 말을 하는지 들리지 않았지만 유코는 적잖이 당황하는 눈치였다. 그러자 덩치 큰 남자가 끼어들어

안경 쓴 남자를 손으로 툭툭 쳤다. 그렇잖아도 체격이 작은 안경 쓴 남자는 뒤로 비틀거리다가 바닥에 엉덩방아를 찧고 말았다. 덩치 큰 남자는 차 문을 열고 유코를 태운 뒤 재빨리 운전석으로 가 바로 출발했다. 안경 쓴 남자는 유코에게 무슨 말을 했을까?

"별 도움을 드리지 못했네요."

여주인의 말에 나는 겨우 정신이 들었다.

"네? 아니요. 괜찮습니다."

나는 아무렇지도 않은 척 대답했다.

"그나저나 저 나이토 씨의 부인이라는 분, 아주 매력적인 여자군요."

"네, 맞아요."

"무슨 일을 하는 분이죠?"

"나이토 씨는 이 근처 여관을 여러 개 운영하고 계세요. 여기도 그중 하나죠. 나이토 씨가 저희의 고용주예요."

"그렇군요."

"방금 저분은 나이토 씨의 아드님인 유이치로 씨의 아내세요. 작은 사모님은 종종 저렇게 전체 여관을 돌면서 시아버지인 나이토 씨의 지시 사항을 전달하고 저희들의 건의 사항을 듣곤 하십니다. 사실은 그게 남편 유이치로 씨의 일인데, 몸이 약하셔서 아내분이 대신하고 있어요."

"저 부인은 이 지역 사람입니까?"

"아뇨. 나이토 씨가 아들의 신붓감으로 직접 데려오셨어요."

"그게 언제입니까?"

"얼마 안 됐어요. 올해 3월인가 그래요."

세상에는 자기 자신과 똑같이 닮은 사람이 한두 명은 있다고 한다. 그 말대로라면 유코와 똑같이 생긴 여자가 존재한다 해도 불가사의한 일은 아니다. 하지만 한 사람이 사고로 행방불명된 직후, 같은 장소에 똑같이 생긴 사람이 나타나는 건 하늘이 두 쪽 나도 불가능한 일일 터이다.

나이토 교코는 나가이 유코와 동일 인물임이 틀림없다. 나는 확신했다. 그렇다면 그녀는 왜 나를 처음 보는 사람 대하듯 행동했을까? 왜 나를 비롯한 지인들에게 자신이 살아 있음을 알리지 않았을까? 왜 4개월간 나이토 유이치로의 아내로 살아왔을까? 누군가에게 감시를 당하고 있는 것 같지도 않았는데 왜 연락을 취하지 않았을까?

질문에 대한 답은 하나밖에 없었다. 나는 이렇게 결론을 내렸다. 기억상실.

4

오늘 밤도 어젯밤처럼 달빛이 아름답다. 호수에 부는 바람은 너무도 시원하고 상쾌해서 낮에 그렇게 더웠다는 게 거짓말 같다.

나는 나무 그늘 아래에 앉아 손목시계를 보았다. 시곗바늘은 새벽 두 시를 가리키고 있다. 어제 헤엄치고 있던 유코를 발견한 시간은 새벽 두 시 반경이었다. 어제 유코는 자신을 쫓아오는 나를 보고 달아났다. 오늘은 나타나지 않을지도 모르지만 일말의 가능성에 기대를 걸어보기로 했다. 이것 말고 그녀와 단둘이 만날 방법이 생각나지 않았다.

나는 여관 여주인으로부터 나이토 집안에 대한 상세한 이야기를 들었다. 나이토 집안은 이 일대의 대지주로서 유서 깊은 가문이라고 한다. 현재의 주인인 나이토 유조는 마을 주민들로부터 존경을 받는 덕망 높은 인물이다. 대지주라는 지위를 이용하여 거들먹거리지 않고 늘 겸손했고 일생 동안 마을의 발전을 위해 헌신적으로 노력했다 하니 존경받을 법하다.

반면 스물네 살인 외아들 유이치로는 대학을 중퇴하고 집에서 놀고먹는 생활을 이어가고 있다 한다. 어머니의 죽음과 바꾸어 태어난 유이치로는 병약했다. 그런 아들을 위해 아버지 유조가 신붓감이라며 갑자기 아름다운 아가씨를 데리고 오니 마을 사람들의 놀라움은 매우 컸을 터이다. 유이치로의 건강 상태를 이유로 결혼식도 피로연도 치르지 않았다고 한다. 그래도 마을 사람들은 모두 유코를 유이치로의 아내로 여겼다. 사실 식을 치르지 못한 건 당연한 일이다. 결혼식이나 연회에는 신부 측 가족과 친척들이 참석해야 하나 유코의 친인척을 데려오기는 어려웠으리라. 아버지인 유조는 아주 곤란한 상황이었을 것이다. 유코는 사고를 당한 이후 어떤 경위로 나이토 유이치로의 아내가 되었을까? 그리고 유코는 정말 기억상실증에 걸린 것일까?

이 궁금증을 해결하려면 유코에게 직접 묻는 수밖에 없다. 하루 종일 그녀를 미행해보았지만 좀처럼 얘기할 기회를 잡지 못했다. 유코의 옆에는 항상 그 덩치 큰 남자가 붙어 다녔다. 그는 나이토 집안의 운전수인 오쓰카라는 남자인데 섣불리 말이라도 걸면 괴력을 발휘해 나를 던져버릴 것만 같았다. 그래서 나는 이렇게 심야에 잠복을 하기로 결심한 것이다.

2시 10분쯤 되자 숲 언저리에서 하얀 실루엣이 나타났다. 분명 사람이었다. 나는 재빨리 나무 그림자 속으로 몸을 숨겼다.

역시 유코였다. 그녀는 잠옷 같은 하얀 옷을 입고 있었다. 유코는 주위를 의식하는 기색 없이 차분한 걸음걸이로 숲에서 걸어 나왔다. 그러고는 호숫가에 서서 조용히 옷을 벗기 시작했다.

달빛을 받아 아름답게 빛나는 유코의 몸이 미끄러지듯 호수 속으로 사라졌다. 오늘은 그녀를 쫓아 물에 뛰어드는 무모한 짓은 하지 않을 것이다. 아무리 무더운 여름밤이라지만 장시간 차가운 물속에 있을 수는 없을 터이다. 옷을 벗어놓고 간 곳 근처에서 기다리면 반드시 올라오게 돼 있다. 그때 유코를 잡아 이야기를 하면 된다.

나는 숨어 있던 나무 그늘에서 나와 천천히 그녀가 잠옷을 벗어놓은 곳 근처로 다가갔다.

문득 나뭇가지를 밟는 소리가 들려서 뒤를 돌아보았다. 그 순간 갑자기 내 몸이 공중으로 떠올랐다. 누군가가 엄청난 힘으로 내 목덜미와 허리 벨트를 덥석 잡고 들어 올린 것이다.

"이봐! 뭐 하는 거야? 놔!"

나는 아득바득 소리를 질렀다. 공중에 뜬 채 손발을 버둥거렸지만 소용없었다. 빌어먹을! 그 덩치 큰 오쓰카라는 놈이다. 예상대로 대단한 힘이다.

"이거 놓지 못해?"

나는 공중에 뜬 채로 계속 발버둥을 쳤다. 이러다 떨어져 목뼈라도 부러지면 그대로 죽을지도 모른다.

"그만 내려놓으라고!"

오쓰카는 소원을 들어주겠다는 듯 나를 내려놓았다. 정확히 말하자면 몇 미터 앞 땅바닥에 냅다 나를 내동댕이쳤다. 나는 온몸이 깨지는 듯한 충격을 받고 정신을 잃었다.

"내가 아직 살아 있나……."

간신히 정신이 든 나는 중얼거리며 자리에서 일어났다.

온몸이 부들부들 떨리고 욱신거렸다. 허리도 등도 팔도 발도 아프지 않은 곳이 없었다.

"이런 젠장!"

욕을 해봐야 소용없었다. 이미 유코의 잠옷은 온데간데없이 사라졌고 그녀도 자취를 감추었다.

주위가 환해졌다.

손목시계를 보니 2시 16분에 멈춰 있었다. 아까 내동댕이쳐졌을 때 고장이 난 모양이다. 이런, 아까워서 어쩌나. 스위스제 시계인데. 아직 할부 대금도 남아 있다고! 그 덩치 큰 놈에게 반드시 변상을 받아내고 말리라.

나는 터덜터덜 여관 쪽으로 향했다. 여관 근처에 있는 임대 별장 앞에서 열 명 남짓의 남녀 학생들이 체조를 하고 있는 모습이 보였다. 그들은 트레이닝셔츠나 타이즈, 다리가 드러나는 반바지 등 각기 다른 옷차림을 하고 라디오에서 흘러나오는 음악에 맞추어 몸을 움직이고 있었다. 내가 허리를 주무르며 절룩거리는 걸음걸이로 지나가자 모두 놀란 표정으로 체조를 중단하고 나를 쳐다보았다.

나는 짐짓 태연한 표정으로 온 힘을 다해 꼿꼿이 허리를 펴고 걸어갔다. 등 뒤에서 소곤소곤 귓속말하는 소리가 들렸다.

"뭐야, 저 사람?"

"왜 저러는 거지?"

"어젯밤에 애인이랑 무리했나 봐."

"숲에서?"

"뭐? 어머, 너무 야하다!"

아예 염장을 질러라. 안 그래도 그리운 애인을 눈앞에 두고도 만나지 못해 미치겠는데.

여관에 도착한 나는 우선 목욕부터 하고 몸을 추스를 생각이었다. 허리가 너무 아파 거북이처럼 기다시피 천천히 계단을 올라가 겨우겨우 2층에 도착했다. 방문을 연 순간 나는 허리 통증도 잊은 채 잠시 그 자리에 얼어붙은 듯 서 있었다. 대체 이건 무슨 상황인가. 내가 가져온 작은 여행용 가방이 활짝 열려 있고 내용물이 온방 안에 흩어져 있지 않은가.

"아니…… 도대체 무슨 일이……."

누군가 나를 찾으러 와서 이 지경을 만들었거나 아니면 뭔가를 찾기 위해 뒤진 모양이다. 흩어져 있는 물건들을 정리하며 나는 심상치 않은 일이 벌어지고 있음을 직감했다. 범죄의 냄새가 난다. 남의 가방을 뒤져 죄다 헤집어놓다니 누가 봐도 범죄 현장이다. 이는 어쩌면 빨리 이곳을 떠나라는 암시인지도 모른다.

허리 통증을 참으며 대충 정리를 하고 잠을 청하려 이불을 들췄다. 그 순간 나는 너무 놀라 심장이 멎는 줄 알았다.

작은 체구의 안경 쓴 남자가 이불 속에 누워 있지 않은가!

어제 오전 로비에서 안절부절못하던 남자, 유코를 따라 나가 말을 걸었던 남자, 유코와 동행한 오쓰카가 밀어 넘어뜨렸던 바로 그 남자다. 잠옷 차림의 남자는 가슴팍을 붉은 피로 물들인 채 안경 너머로 눈을 크게 부릅뜨고 있었다.

"그럼 자네는 자네 방에서 살해당한 남자를 전혀 모른다는 건가?"

기도 경찰서장은 몹시 마뜩찮은 표정으로 물었다.

"그렇다고 말씀드렸잖습니까. 로비에서 그 사람을 본 적은 있지만 말 한마디 나누지 않았다고요."

나는 짜증내며 대답했다.

"그럼 왜 자네 방에서 이불을 덮고 죽었냐는 말이야!"

"그걸 제가 어떻게 압니까? 죽은 사람한테 물어보시죠."

기도 서장의 기름진 얼굴이 번들거렸다.

"혹시 치정극 아닌가?"

그는 느물거리는 표정으로 기분 나쁘게 씩 웃으며 물었다.

"네? 치정극이라뇨? 여자가 관련되어 있습니까?"

나는 깜짝 놀라 되물었다.

"자네, 살해당한 남자와 사이가 좋았나? 어땠어? 솔직히 말해보게."

기도 서장은 호기심 가득한 눈을 번쩍였다. 그런 말도 안 되는 소리를 하다니. 나는 기가 차서 아무 말도 하지 않고 서장을 노려 보았다.

전에 있던 무로쓰 서장은 아주 교양 있는 사람이어서 항상 내 이 야기에 귀를 기울여주었다. 하지만 그는 4월에 다른 곳으로 발령받 아 떠났고 지금은 기도라는 시답잖은 놈이 거만한 자세로 서장 자 리에 앉아 있다.

기도 서장은 덮어놓고 나를 용의자 취급하며 내 말은 도무지 들 으려 하지 않았다. 내가 경시청 수사 1과의 경감이라고 몇 번이나 말했지만 그럴 리 없다는 듯 콧방귀만 뀔 뿐이었다. 내 말을 믿지 않으니 경시청에 전화해 직접 확인해보라고 하고 싶었으나 안타깝 게도 혼마 경정은 아직 출근을 하지 않은 상태였다.

"하여튼 이렇다니까."

기도 서장은 턱을 쓰다듬으며 말했다.

"피해자는 날카로운 흉기에 가슴을 찔려서 즉사했어. 이건 프로의 솜씨야. 확실해. 한 번에 정확하게 심장을 찔렀거든. 단순한 싸움이나 원한에 의한 거라면 이렇게 세심하게 찌를 수는 없어. 범인은 흉기를 노련하게 다루는 그 분야의 전문가임이 틀림없어."

그는 잠시 말을 멈추더니 험악한 눈초리로 나를 다시 훑어보며 소리쳤다.

"당신 정말 경찰이 맞나?"

그때 기도 서장의 책상 위에 놓인 전화가 울렸다. 수화기를 들자 그의 건방진 말투가 갑자기 정중해졌다. 아무래도 혼마 경정인 듯했다. 나는 안도의 한숨을 내쉬었다.

"그러니까 본청 소속 형사가 확실하다는 말씀입니까? 네. 꾀죄죄한 차림의 40대 남자고요. 아, 맞습니다. 표정은 지쳐 있고……."

나는 그의 빈정거리는 말투에 화가 나서 험악한 눈으로 서장을 노려보았다.

"자네의 신분은 확실한 것 같네."

전화를 끊고 서장이 말했다.

"하지만 경시청 형사라도 살인을 하지 않았다고 단정 짓지는 못해. 여전히 자네는 1순위 용의자라는 걸 명심하게."

"이젠 여관으로 돌아가도 되겠습니까?"

"그러게. 뭐, 별일이야 없겠지."

기도 서장은 마지못해 승낙하면서 한마디 덧붙였다.

"도망 갈 생각은 꿈에도 하지 마!"

"휴우. 범인을 잡으면 바로 알려드리죠."

나는 기가 차서 뱉어버리듯 대답하고 S 마을의 낡은 경찰서 건물을 나왔다.

오늘도 여전히 햇살은 눈부셨다. 벌써 정오가 지난 시각이었다. 이게 도대체 어떻게 된 일일까? 살해당한 사람은 누구일까? 왜 내 방에서 살해되었을까? 누가 죽였을까? 그리고…… 그는 왜 유코를 따라다녔을까?

여러 가지로 혼란스러운 나는 우선 점심밥부터 먹기로 했다.

나는 가까운 식당에 들어가 아주 싱거운 카레라이스를 순식간에 먹어치웠다. 어젯밤부터 아무것도 먹지 못했으니 맛을 평하고 말고 할 상황이 아니었다. 한 그릇을 더 주문해서 두 그릇째 비우고 나서야 조금 살 것 같았다. 식사를 마친 뒤 흙탕물처럼 보이는 커피를 홀짝거리고 있는데 식당 주인이 높은 선반 위에 있는 흑백 텔레비전을 켰다.

나는 문득 유코의 죽음을 알게 되었던 당시의 상황을 떠올렸다. 그때도 점심을 먹으면서 텔레비전을 보던 중이었다. 텔레비전에서는 뉴스가 나왔고, 뉴스에서는 유코의 얼굴 사진이 나왔었다.

"아! 뉴스!"

나는 갑자기 한 가지 생각이 떠올라 마시던 커피잔을 내려놓았다.

"맞아! 생각났다!"

살해된 안경 쓴 작은 체구의 남자. 그는 텔레비전 뉴스에서 본 남자였다. 젠장! 왜 좀 더 일찍 알아채지 못했을까. 그 남자는 스즈키 마사후미, 즉 유코와 함께 사고를 당한 남학생의 아버지였다!

5

나는 수풀 사이로 슬그머니 얼굴을 내밀었다. 눈앞의 유서 깊어 보이는 목조건물은 매우 커서 학교 건물을 방불케 했다. 방이 몇 개 나 있을지 짐작조차 가지 않는 규모다. 어둠이 깔리기 시작한 하늘 아래 시커멓게 가로놓인 그 건물은 나이토 씨의 저택이다. 그 위엄 있는 모습에 기가 죽을 정도다. 넓은 뒷마당은 낮은 관목들이 울타 리를 이루고 있었다. 마음만 먹으면 쉽게 넘을 수 있는 높이였다. 그렇다고 집 안으로 들어가기는 망설여졌다. 무단으로 울타리를 넘 어 뒷마당으로 들어가면 불법 가택침입범으로 몰려도 할 말이 없 기 때문이다. 해가 지고 주위가 더욱 어두워졌다. 그제야 나는 마음 을 굳게 먹고 낮은 울타리를 넘어 나이토 저택의 뒷마당으로 몰래 들어갔다.

이유야 어쨌건 무단 침입을 한 사실이 밝혀지면 나는 경찰직을 관둬야 한다. 그걸 알면서도 위험을 무릅쓴 이유는 물론 유코를 만 나기 위해서다. 그리고 유코와 동승한 남학생의 아버지가 피살된 사건이 유코의 이상한 태도와 연관이 있지 않을까 하는 생각 때문이다.

유코와 함께 사고를 당한 청년의 아버지가 내가 묵고 있는 여관 방에서 살해된 일은 우연일 리가 없다. 게다가 그는 유코를 알고 있었다. 여관에서 유코에게 말을 걸었지 않았는가. 이렇게 살인 사건까지 일어난 걸 보면 유코가 당했던 자동차 사고도 단순 사고가 아닐지도 모른다. 그 이면에 뭔가가 있을 것이다.

마당에 들어서긴 했는데 어디로 가야 하는지 갈피를 잡을 수 없었다. 거실은 어디고 침실은 어디인가. 나는 우선 헛간처럼 보이는 작은 건물 뒤로 갔다. 여기서는 집 안의 긴 복도가 보인다. 누군가가 복도를 우연히 지나가기를 기다리기로 했다. 밤새 잠복근무를 할 때만큼 괴롭지는 않았지만 기다리는 시간이 너무 길게 느껴졌다. 베테랑 도둑이나 빈집털이범은 처음 들어간 집일지라도 어디에 무슨 방이 있는지 정확히 안다는데 지금은 그 능력이 부럽기만 하다.

드디어 복도에 사람의 그림자가 나타났다. 누군가 손에 수건을 들고 걸어오고 있다. 자세히 보니 유코가 아닌가! 반가운 마음에 유코를 부르려는 찰나 복도 반대편에서 거구의 남자가 나타났다. 나는 당황해서 바짝 웅크려 급히 몸을 숨겼다. 거구의 남자는 오쓰카였다. 이런……. 저 인간은 도대체 얼마나 더 나를 방해해야 직성이 풀리려나!

몸을 숨기고 있던 나는 그가 지나간 후에야 밖으로 나왔다. 유코는 이미 복도에서 사라지고 없었다. 수건을 들고 있었으니 목욕을 하려는 건가? 유코는 놓쳤지만 욕실은 밖에서도 보일 터였다. 나는 유코가 사라진 곳 주변을 한 바퀴 돌았다. 조금 높은 곳에 달린 창문에서 하얀 수증기가 새어 나오고 있는 게 보였다. 나는 근처에 있는 빈 나무 상자를 가져와서 창문 아래에 놓고 올라서서 욕실 안을 들여다보았다. 분명히 말해두지만 나는 절대로 욕실 안을 엿보려는 의도가 아니다. 이때가 아니면 유코와 단둘이 이야기할 기회가 없지 않겠는가. 지금은 유코가 남의 아내이기 때문에 조금 꺼림칙하긴 하지만 어쩔 도리가 없다.

욕실은 수증기로 가득했고 처음엔 아무것도 보이지 않았다. 한동안 주시하자 넓은 욕실의 모습이 어렴풋이 드러나기 시작했다. 욕조는 창문 바로 아래에 있는지 잘 보이지 않았다. 까치발을 하고 서자 창문 아래로 욕조에 몸을 뉘인 유코의 몸이 얼핏 보였다. 그래, 지금이다. 유코에게 말을 걸어야지.

그때였다. 나도 모르게 발끝에 힘이 들어갔고 밟고 올라선 빈 상자가 우지끈하고 순식간에 부서지고 말았다. 물론 나도 무사할 리 없었다. 땅에 나동그라지면서 엉덩방아를 찧고 말았다. 주위가 워낙 조용했기 때문에 소리가 더욱 크게 울렸다. 욕실 안에서 유코의 비명 소리가 들려왔다. 이런 낭패가!

나는 허리 통증을 억누르고 뒤뚱거리며 일어서서 뒷마당을 향해 달렸다. 하지만 10미터도 채 가지 못했다. 갑자기 내 앞을 오쓰카의 큰 몸집이 벽처럼 가로막았기 때문이다. 이런 젠장! 나는 어차피 또 당할 바에야 부딪치기나 해보자는 심정으로 오쓰카라는 거대한 벽을 향해 온몸을 내던졌다. 네놈이 아무리 큰 벽이라 하더라도 허술한 구멍 하나쯤은 있겠지.

"불법침입에 욕실 훔쳐보기라……."

기도 서장이 거들먹거리며 말했다.

"그럴 만한 사정이 있었습니다."

나는 참담한 심정으로 말했다. 나는 오쓰카가 날린 엄청난 한 방에 그대로 뻗어버렸다. 아직도 머리가 어지러웠다.

"그 사정이란 게 대체 뭔지 설명을 좀 해보시지."

기도 서장은 거만한 자세로 의자에 기대어 앉았다.

"나이토 씨는 이 지역의 유지야. 그런 집에 몰래 들어가서 작은 사모님이 목욕하는 모습을 훔쳐보는 것도 수사 과정 중 하나인가?"

나는 입을 다물었다. 이 사람에게는 사정을 설명해봐야 아무 소용없다. 절대로 사랑에 빠진 남자의 심정을 이해할 만한 놈이 아니다.

"말이 없는 걸 보니 그럴싸한 사정은 없나 보군. 됐네. 밤도 깊었으니 오늘은 이만 유치장에서 자게나."

"맘대로 하십시오!"

나는 소리를 꽥 질렀다.

"서장님."

그때 젊은 당직 경찰이 들어왔다.

"뭐야?"

"손님이 오셨습니다."

"손님? 지금이 몇 시인데 손님이 와?"

기도 서장은 오만상을 찌푸리며 당직 경찰을 노려보았다. 그도 그럴 것이 퇴근 후에 쉬고 있다가 나 때문에 불려 나와 심기가 불편한 참에 또 누가 찾아오다니. 짜증이 날 만도 하다.

"네. 그러니까…… 도쿄에서 특별히 오신 손님입니다."

"도쿄에서?"

"실례합니다."

경찰을 밀치고 서장실로 몸집이 큰 남자가 들어왔다. 하라다였다. 나는 반가운 나머지 하라다를 끌어안을 뻔했다.

"하라다, 네가 여기까지 어쩐 일이야? 나를 도쿄로 데려가려고 온 건가?"

"네. 혼마 경정님의 명령입니다."

"아무리 경정님의 명령이라도 그건 안 돼. 난 절대 안 돌아가."

"우노 경감님을…… 강제로라도 끌고 오라는 명령입니다."

하라다는 난처한 표정으로 말했다.

"이봐, 하라다. 내 부탁과 경정님의 명령 중 어느 쪽을 따를 텐가?"

"그건 이미 결정했습니다."

"그래?"

"혼마 경정님의 명령을 따르겠습니다."

나는 맥이 탁 풀렸다.

"배은망덕한 놈!"

우리는 여관으로 돌아왔다. 벌써 밤 열두 시가 다 되었다. 다행히기도 서장이 순순히 보내주었다. 이렇게 된 이상 내일은 도쿄로 돌아가야만 한다. 혼마 경정은 아직 오늘 밤 사건을 모르지만 내일이면 알게 될 테고 난 즉각 해임될 것이다.

"그런데 경감님, 진짜로 욕실을 훔쳐보셨나요?"

"그래."

"역시……."

"역시라니?"

"경정님이 그러셨거든요. 우노 경감은 유코 씨가 죽고 나서 욕구불만 때문에 무슨 짓을 할지 모른다고요."

"지금 그걸 말이라고 하는 거야?"

나는 기가 차서 말이 안 나왔다.

"지금 누굴 치한 취급하는 게야? 난 유코와 얘기하기 위해서 욕실을 엿본 거란 말이야!"

내가 유코라는 이름을 입에 올리자 하라다는 멍하게 나를 쳐다보았다. 나는 사건의 전말을 설명해주었으나 하라다는 쉽게 알아듣지 못했다. 같은 설명을 세 번쯤 반복하자 하라다도 유코가 살아 있다는 사실을 겨우 받아들였다.

"경감님, 그럼 이젠 어떻게 하실 겁니까?"

"다시 한 번 그 집에 몰래 들어가 봐야지."

"언제요?"

“지금 가야지. 같은 날 밤 두 번이나 찾아올 거라고는 아무도 생각하지 못할 거야. 자네도 좀 도와주게.”

“제가요?”

“자네가 상대해야 할 덩치 큰 놈이 있거든. 힘이 너무 세서 나는 감당이 안 돼. 자네가 좀 맡아주게.”

“허, 참······.”

“왜? 싫어?”

“아뇨, 갑자기 배가 고파서요.”

돼지 같은 놈.

“지금은 그냥 좀 참아. 도쿄에 돌아가면 스키야키 3인분 사줄게.”

“정말이십니까?”

하라다의 표정이 잠시 밝아지는 듯했으나 금세 또 시무룩해졌다.

“하지만 경감님, 잘리면 퇴직금은 안 나올 텐데요?”

새벽 한 시 반. 나와 하라다는 나이토 저택 울타리를 넘었다. 쥐 죽은 듯이 조용한 뒷마당을 살금살금 가로질러 건물로 다가갔다.

“어디로 들어가죠?”

하라다가 작은 목소리로 물었다.

“뻔하잖아!”

“네? 뭐가요?”

“이 나무로 올라가는 거야.”

건물에는 가지가 무성한 큰 나무가 바짝 붙어 있었다. 이 나무를 타고 올라가면 2층 창문에 손이 닿을 듯했다.

"이 나무에 올라간다고요? 전 나무 잘 못 타는데요."

하라다는 눈이 휘둥그레졌다.

"누가 너보고 나무에 오르라고 했냐? 내가 올라갈 거야. 자네는 여기서 망이나 봐주면 돼."

"아! 그래요?"

하라다는 가슴을 쓸어내렸다. 하라다가 올라가면 가지가 꺾이고 나무가 뿌리째 뽑혀 쓰러질지도 모른다.

"자, 올라간다!"

나는 어린 시절 골목대장 때부터 나무 오르기 하나는 자신 있었다. 요새는 나이를 먹어서인지 영 힘에 부치지만 말이다. 나는 낑낑 거리며 나무 위로 올라가 나뭇잎을 헤치고 단단해 보이는 가지 위로 발을 옮겼다. 무성한 나뭇잎이 시야를 가려 건물이 어디 있는지 보이지 않았다. 건물을 찾아 사방을 두리번거려도 방향을 도무지 모르겠다. 당황한 나머지 나는 무작정 손에 잡히는 나뭇잎 뭉치를 잡았다. 그 순간, 누군가의 얼굴과 마주쳤다! 건물에 있는 창가에 선 사람과 눈이 마주친 것이다. 깜짝 놀라 가지에서 미끄러져 떨어질 뻔했다.

상대방도 놀랐는지 재빨리 창가에서 몸을 뗐다. 나는 필사적으로 가지에 매달려서 떨어지지 않으려고 발버둥을 쳤다. 그사이 상대가 다시 얼굴을 내밀었다.

"어머!"

익숙하고도 그리운 목소리다.

"아저씨, 언제부터 원숭이로 업종을 바꾼 거야?"

나는 아연실색할 뿐이었다.

"유코! 날 알아보겠어?"

"당연히 알아보지! 아무튼 얼른 들어와. 여기서 얘기할 순 없으니까."

나는 어안이 벙벙했다.

유코의 도움을 받아 나뭇가지에서 내려와 방으로 들어갔다. 이게 도대체 무슨 일일까?

6

"당신이 우노 경감님이십니까? 유코한테 말씀 많이 들었습니다."

유코의 남편이라는 유이치로가 핏기 없는 뺨에 희미한 미소를 띠며 말했다. 젊은 사람인데도 야윈 몸에 피곤해 보이는 표정 때문인지 나이보다 훨씬 늙어 보였다.

"뭐라고요? 아니, 그럼 유코! 너 도대체 어찌 된……."

하얀 잠옷 차림의 유코가 내 말을 막았다.

"아저씨, 잠깐만. 다 설명해줄게. 그럴 만한 사정이 있었어."

"지금 장난해? 지난 다섯 달 동안 내 심정이 어땠는지 알아?"

"우노 경감님, 유코한테 너무 그러지 마세요. 이 모든 게 저와 제 아버지의 잘못입니다."

나는 도통 영문을 알 수 없어 유코와 유이치로의 얼굴을 번갈아 바라보았다. 유코가 먼저 입을 열었다.

"차가 호수에 빠졌을 때 나는 가라앉는 차에서 기적적으로 빠져 나왔어. 겨울이라 물속이 어찌나 차갑던지 이제 얼어 죽겠구나 생각했지. 죽을힘을 다해 호숫가로 헤엄쳐 가서 그대로 의식을 잃고 만 거야."

"저희 아버지께서 우연히 호수를 지나가시다가 유코를 발견하고 집으로 옮기셨습니다. 열이 너무 심해서 온몸이 불덩어리였습니다."

"그 후 한 달 가까이 나는 생사의 갈림길을 넘나들었어. 겨우 정신을 차리고 나서도 몸 상태가 너무 안 좋아서 한동안은 자리에서 일어나지도 못했어. 하지만 나이토 씨가 열심히 보살펴준 덕에 기운을 차렸지. 나는 나이토 씨한테 감사의 말씀을 전하고 집으로 돌아가려고 했어. 하지만 나이토 씨는 나한테 유이치로의 아내가 되어 여기 머물러달라고 하셨어. 나는 깜짝 놀랐지. 도와주신 건 감사하지만 그렇게는 못 하겠다고 거절했더니 나이토 씨는 내가 끝내 거절한다면 남학생을 죽이겠다고 했어."

"남학생이라면?"

"응. 같이 차를 타고 가던 스즈키 말이야."

"그럼 그도 같이 도움을 받았던 거야?"

"아니."

유코는 고개를 저었다.

"스즈키의 시체는 끝내 떠오르지 않았어. 나이토 씨는 스즈키를 산속 헛간에 가두어놓았으며 자신의 요구를 들어주지 않으면 그를 죽이겠다고 나를 협박했어. 그 말이 나를 이곳에 머물게 하기 위한 엄포일 수도 있겠지만 거짓이라는 확신도 없었어. 더군다나 그때 나는 아직 도망갈 수 있을 정도로 몸이 회복되지도 않았고, 그 오쓰카라는 덩치 큰 남자가 하루 종일 감시하고 있어서 시키는 대로 할 수밖에 없었어."

"아버지는 나이토 가문의 혈통을 잇기 위해 피치 못한 선택을 한 겁니다."

유이치로가 끼어들었다.

"아버지는 중병에 걸리셔서 이제 3개월밖에 살지 못하시거든요."

"마을 사람들은 아무도 그런 말 안 해주던데요?"

"네. 아무한테도 말하지 않았으니까요. 자존심이 센 분이라 아마 누구한테도 알리지 않으셨을 겁니다. 아버지는 살아 계신 동안 저를 결혼시키려고 애쓰셨습니다. 그러던 중 유코가 나타난 거죠. 아버지는 이거야말로 하늘이 주신 기회라고 생각했고 강제로라도 유코를 저와 결혼시키려고 하신 겁니다."

유이치로는 유코를 보며 미소를 짓고는 말을 계속 이어갔다.

"물론 저는 아버지의 행동이 잘못되었다고 생각했습니다. 하지만 아버지의 마지막 소원이 될지도 모르기에 뻔뻔스럽게도 유코한테

간청했습니다. 형식적으로라도 좋으니 아내가 되어달라고요."

"형식적으로? 그렇다면……."

"네. 걱정 마세요. 저는 유코의 손가락 하나 건드리지 않았습니다."

"이제 좀 안심이 돼?"

유코는 놀리는 듯한 표정으로 나를 보았다.

"그래."

나는 가슴을 쓸어내렸다.

"아버지 때문에 걱정을 끼쳐드려 죄송합니다. 저는 보시다시피 병약해서 바깥출입을 하기가 어렵습니다. 거의 집 안에서만 지내지요. 스즈키에 대한 아버지 말씀이 과연 사실인지 확인할 방법은 없습니다. 하지만 아버지한테 주어진 시간이 얼마 남지 않았기에 무슨 일을 벌이실지 알 수 없습니다. 진짜로 그 청년을 감금하셨을지도 몰라요."

"그래서 내가 요 며칠 동안 밤중에 창문으로 나가서 나뭇가지를 타고 내려가 몰래 호수에 가봤어. 수차례 잠수하다가 스즈키의 시체일지도 모르는 뭔가를 발견했거든."

유코가 말했다.

"그래서 그 밤중에 헤엄친 거야?"

"뭐야, 어떻게 알았어?"

유코는 의아한 표정으로 되묻다가 소리쳤다.

"아! 그게 호수에서 나를 본 사람이 아저씨였구나?"

"그, 그건 그렇고."

나는 당황하여 재빨리 말을 이었다.

"스즈키란 학생의 시체를 발견했다고?"

"확실치는 않아. 아무래도 밤중이라서 제대로 본 건지도 의심스럽고. 어쨌든 나이토 씨의 말이 사실인지 확인해보고 싶었어. 그런데 이 일을 어떻게 알았는지 스즈키의 아버지가 나를 찾아왔지 뭐야. 그래서 빨리 이 문제를 해결하려던 참이었어."

나는 유코의 이야기를 듣고 매우 놀랐다. 그렇다면 스즈키의 아버지가 살해당한 사건은…….

그때였다. 갑자기 문이 열렸다. 그러자 유이치로가 놀라 소리쳤다.

"아버지!"

기품이 느껴지는 초로의 신사가 단정하게 일본 전통의상을 입고 서 있었다.

"우노 경감님이시군요. 저는 나이토 유조라고 합니다."

"아, 네. 나이토 씨, 안녕하십니까."

"밖에서 얘기 다 들었습니다. 제가 나쁜 놈입니다. 제 욕심을 채우려고 모두에게 큰 폐를 끼쳤습니다. 유코 씨, 용서해주십시오."

나이토가 조용히 사과하며 고개를 숙이자 엄숙한 분위기가 되었다. 유코가 물었다.

"나이토 씨, 스즈키를 감금하셨다는 게 사실인가요?"

"거짓말입니다. 당신을 구하고 나서 간병하고 있을 때 떠오른 묘안이었습니다. 당신이 물속에서 발견한 건 분명 그 학생의 시신일 겁니다."

"아버지! 이제 그만 유코 씨를 보내주죠. 네?"

유이치로가 애원하는 목소리로 말했다.

"그래, 그래야겠지. 유코 씨, 당신한테 뭐라고 사과를 해야 할지……."

"아니에요, 나이토 씨. 당신은 제 생명의 은인인걸요."

유코는 미소를 지으며 말했다.

"유코, 사실 스즈키의 아버지가 여관에서 살해되었어."

"뭐라고?"

나이토 씨에게서 빌린 차로 한밤중의 도로를 달리며 나는 여관에서 일어난 살인 사건 이야기를 꺼냈다.

"도대체 누가?"

"글쎄. 범인은 아직 모르겠어."

"설마, 나이토 씨가?"

"아직 단정 짓기는 어려워. 하지만 네가 살아 있다는 사실을 스즈키의 아버지가 알게 되자 입을 막기 위해 죽였을 가능성이 커."

"하지만 그렇게 필사적으로 나를 붙잡고 싶었다면 이렇게 간단히 우리를 보내주는 게 이상하잖아?"

"그건 그래. 그리고 스즈키의 아버지가 내 방에서 살해된 것도 이해가 안 돼. 어쩌면 그는 여관 로비에서 너와 내가 이야기하는 모습을 보고 나를 만나려고 이 방에 와서 기다렸는지도 몰라. 그러다 변을 당한 거고."

나는 문득 또 한 가지가 생각나서 말했다.

"한 가지 이상한 점이 또 있어."

"뭔데?"

"오쓰카라는 그 덩치 큰 사람, 네가 호수로 가는 걸 알면서도 왜 그냥 가게 놔두었을까?"

나는 어젯밤 호숫가에서 오쓰카한테 내동댕이쳐졌던 이야기를 했다. 유코는 잠시 생각에 잠겼다가 대답했다.

"그 사람, 나를 좋아했었나 봐."

"그 괴물이?"

"아주 정직하고 좋은 사람이야. 나이토 씨의 명령이라면 뭐든지 다 해. 나한테는 절대로 난폭하게 굴지 않았어."

"나한테는 아주 난폭하던데?"

"그야 욕실을 훔쳐보니까 그렇지! 정말 그러기야? 알고 보니 아주 고약한 버릇이 있네."

유코의 말에 나는 유쾌하게 웃었다. 정말이지 몇 달 만의 웃음인가. 유코가 돌아왔다!

"도쿄에 돌아가면 축하 파티를 하자!"

"스키야키 잊으시면 안 됩니다."

뒷좌석에서 하라다가 말했다. 아 참, 하라다도 있었지. 그의 존재를 새까맣게 잊고 있었다.

"네가 날 전혀 모른다는 얼굴을 할 때는 정말 충격이었어."

"방법이 없었어. 오쓰카 씨가 바로 옆에 있어서."

"그래도 그렇지! 윙크 한 번 정도는 해줬어야지."

식겁했던 순간이 떠오르자 왠지 억울한 기분이 들었다.

여관으로 돌아온 나는 개운하게 목욕을 하고 침대에 누웠다. 유코도 잠옷으로 갈아입고 침대 안으로 들어왔다.

"네가 결혼했다는 말을 듣고 얼마나 놀랐는지 알아?"

"아닌 걸 알았으니 안심되겠네?"

"그럼. 당연하지."

유코의 입술과 내 입술이 겹치려는 순간 유코가 짧은 비명을 질렀다.

"오쓰카 씨!"

나는 깜짝 놀라 뒤를 돌아보았다. 어느 틈엔가 문이 열려 있었고 오쓰카의 거대한 몸집이 문 앞을 가로막고 있었다.

"이봐. 뭐야!"

오쓰카의 오른손에는 송곳이 들려 있었다. 분명 스즈키의 아버지는 송곳 같은 날카로운 흉기에 찔려 살해당했다. 오쓰카는 나이토 집안에서 목수 일도 한다고 들었다.

"사모님을 절대로 보내주지 않겠어!"

오쓰카가 소리쳤다.

"누구한테도 줄 수 없어!"

유코의 말이 사실이었다. 오쓰카는 진심으로 유코를 사랑한 것이다.

"오쓰카 씨!"

유코가 나를 밀쳐내고 그에게 차분히 말을 걸었다.

"나는 아무 데도 안 가요."

"거짓말!"

"정말이에요. 걱정 말아요. 진정해요."

"이 녀석하고 끌어안고 있었잖아요!"

"그래요. 난 이 사람을 좋아해요. 이해해줘요. 하지만 오쓰카 씨를 두고 떠나거나 하진 않아요. 안심해요."

오쓰카는 슬픈 표정으로 고개를 저었다.

"다 들었어. 나이토 주인님이 하나도 빠짐없이 얘기해주셨어. 나는 사모님을 보내고 싶지 않아. 그래서 그 안경잡이 놈도 죽인 거라고!"

오쓰카의 말을 듣고 유코가 한숨을 쉬었다. 오쓰카는 다시 말을 이었다.

"하지만 주인님도 도련님도 나한테는 말도 안 하고 사모님을 보내드렸어. 나는 절대 못 보내!"

나는 오쓰카의 손에서 어떻게든 송곳을 빼앗으려 했다. 그는 이미 한 사람을 죽였다. 조심해야 한다. 나는 오쓰카의 오른손을 노리고 달려들었다. 손으로 송곳을 쳐서 떨어뜨렸다. 그 순간 그는 눈 깜짝할 사이에 그 큰 손으로 내 손목을 덥석 잡더니 나를 방구석에 집어 던졌다. 벽에 강하게 부딪힌 나는 잠시 의식을 잃었다.

"안 돼!"

나는 유코의 비명 소리에 겨우 정신이 들었다. 오쓰카가 유코를 들쳐 업고 방을 나가고 있었다.

"거기 서!"

오쓰카를 쫓아가려고 일어섰지만 어지러워서 제대로 걸을 수가 없었다. 벽에 몸을 기댄 채로 복도를 지나 난간에 의지해 계단을 내려왔다.

간신히 아래층에 도착하니 유코를 태운 차가 막 출발한 참이었다. 마침 여관 주인이 우당탕거리는 소리를 듣고 뛰어나왔다. 나는 주인에게 자동차를 빌려달라고 부탁했다.

"사람의 생사가 걸린 일입니다! 빨리요!"

내가 여관 주인의 차를 빌려 쫓아갔을 때 유코와 오쓰카가 탄 차는 이미 저만치 멀어져 가고 있었다. 도대체 어디로 가려는 걸까.

앞차는 호숫가 도로를 계속 달렸다. 있는 힘껏 가속 페달을 밟아 따라잡으려 했지만 쉽지 않았다. 그러다 일순간 앞 차의 후미등이 꺼졌다. 이때다! 어서 잡아야 한다. 하지만 다음 순간 나는 온몸이 오싹해졌다. 오쓰카와 유코가 탄 차는 천천히 커브를 틀자마자 호수로 돌진했다. 설마 동반 자살이라도 하려는 건가? 나는 아연실색하여 멍하니 바라보기만 했다. 차가 호수에 빠지면서 엄청난 물보라가 일었다.

"유코!"

나는 차를 세우고 호수가로 달려갔다. 유코가 탄 차가 거품을 토해내면서 물속으로 가라앉고 있었다.

"유코……."

나는 물속으로 뛰어들었다. 하지만 한밤중인 데다 가라앉은 차가 일으킨 진흙 때문에 한 치 앞도 보이지 않았다. 이런 상황이라면 도무지 찾을 방법이 없었다.

유코! 다시 한 번 살아 돌아와 줘!

호수 면으로 헤엄쳐 올라오면서 마음속으로 간절히 기도했다.

그러자 거짓말처럼 수면 위로 유코의 얼굴이 쑥 올라왔다.

"유코!"

나는 그녀의 손을 잡고 호숫가로 끌고 갔다. 땅 위로 올라왔지만 너무 숨이 차서 말이 제대로 나오지 않았다.

"오쓰카는 죽은 것 같은데."

"응. 그럴 거야."

"그래도 용케 빠져나왔네?"

"차가 가라앉기 시작했을 때 오쓰카 씨가 차 문을 열고 나를 밖으로 밀어냈어."

"너를?"

"그래. 마지막 순간에 나를 살려준 거야."

"그래?"

"불쌍한 사람……."

유코는 고개를 숙였다. 호수는 어느새 아무 일도 없었다는 듯 잔잔해졌다.

여관에 돌아가자 하라다가 졸린 얼굴로 현관에 서 있었다.

"앗! 우노 경감님! 유코 씨! 두 분 다 흠뻑 젖었네요? 도대체 어떻게 된 일입니까?"

"뭐, 그냥 같이 수영 좀 했지."

다음 날 차는 인양되었고 오쓰카의 시체도 발견되어 서로 이송되었다. 얄미운 기도 서장도 나이토 유조의 말이라면 믿는지 나를 대하는 태도가 확연히 달라졌다.

사건의 전모를 밝히는 데는 3일 정도 걸렸다. 사건을 모두 마무리 짓고 유코와 나는 차를 타고 도쿄로 향했다.

"아, 참! 아저씨."

"응?"

"학교에서 혹시 연락 없었어?"

"별다른 연락은 없었는데? 졸업장이 안 나왔다고 너희 숙부님이 화를 내시긴 했어."

"그래?"

"지금이라도 생존해 있다는 게 확인됐으니까……."

"아니야. 졸업은 안 하는 편이 나을지도 몰라."

"왜?"

"내가 일부러 한 과목을 과락시켰거든."

"뭐? 왜 그랬어?"

"그러면 앞으로 1년 동안 일주일에 한 번만 수업에 들어가기만 하면 되니까. 이제 좀 쉬고 싶어."

"뭐야? 기가 막혀서! 그렇게 시간을 내서 뭘 하려고?"

"하고 싶은 게 있지. 범죄학 실습!"

"뭐야? 이젠 지겹지도 않아?"

"겨우 이 정도로 싫증이 나겠어? 이젠 아저씨도 잘 알면서 그래. 난 불사조잖아."

유코는 자신만만한 표정을 지어 보였다.

"맙소사……."

나는 한숨을 쉬었다. 하기야 뭐, 한 번 유령이 됐었으니까 다시 죽을 일은 없겠지.

제2장

쌍둥이의 집

유령 후보생

1

"아저씨, 오늘은 어디 갈 거야?"

수화기를 들자 유코의 들뜬 목소리가 들려왔다. 나는 아직 잠이 가시지 않은 눈을 비비며 목이 잠겨 갈라진 목소리로 말했다.

"유코, 지금이 몇 신데 벌써부터 난리야?"

"벌써 아침 여덟 시야."

"벌써라니? 아직 여덟 시밖에 안 됐잖아. 모처럼 꿀맛 같은 휴식을 즐기고 있는데……. 나 좀 더 자게 내버려둬."

"무슨 소리야? 아저씨 이제 아주 매정해졌단 말이야, 치잇."

"아니, 그게 아니고……."

요즘 연일 흉악범을 쫓느라 밤을 새우고 아침에 귀가하는 일이 잦았다. 아무리 경시청이 자랑하는 수사 1과 무적의 철인 형사라지만 나도 사람이다. 이런 살인적인 스케줄을 소화하면서 게으름을 피우는 게 학생의 본분이라고 믿는 여대생과 사귀기는 너무 힘들다. 더구나 내 나이는 이제 마흔이 아닌가. 유코는 일주일에 두세 시간 수업을 받는 것 말고는 하는 일이 없다. 시도 때도 없이 나를 불러내니 당해낼 재간이 없다.

"알았어. 그럼 오늘은 다른 남자랑 놀게."

"뭐야? 잠깐만!"

그런 강수를 두면 나도 어쩔 방도가 없다.

"알았어, 알았어. 그럼……."

문득 좋은 방법이 떠올랐다.

"좋아. 그럼 오늘은 이따가 열한 시에 P 호텔 로비에서 만나자."

"호텔? 그런 멋진 곳을 고르다니, 웬일이야?"

"아니, 그게 아니고……."

"알았어. 열한 시라고 했지? 그럼 거기서 기다릴게!"

"아냐! 잠깐! 아니라니까. 오늘은……."

전화는 이미 끊어진 뒤였다.

"거참."

젊은 애들은 뭐든지 속도가 빠르다. 지레짐작하는 것도 젊은이들의 특성이려나.

P 호텔에 도착한 시간은 열한 시 5분 전이었다.

12월이 되자 날이 부쩍 추워졌다. 길을 오가는 사람들은 한시바

삐 추위에서 벗어나려는 듯 발걸음이 몹시 빨랐다. 그날은 바람 한 점 없는 아주 화창한 날씨였는데도 사람들은 마치 차가운 겨울바람에 쫓기듯 곁눈질조차 하지 않고 분주하게 걸어가고 있었다.

나는 서두르지 않았다. 허둥지둥할 필요가 전혀 없었다. 어찌 됐건 지금까지 유코와 해온 약속과는 다르니까. 나는 천천히 호텔 회전문을 밀었다. 넓은 공간에 소파가 놓여 있었다. 여기저기 제멋대로 놓여 있는데도 묘하게도 질서 정연해 보였다.

유코가 나를 발견하고는 손을 흔들었다. 오늘 유코는 평소의 스포티한 옷차림이 아니었다. 차분한 분위기의 감색 원피스를 입고 옅은 푸른색 코트를 접어서 손에 들고 있었다. 세련된 복장을 한 유코는 성숙한 여성미를 물씬 풍겼다. 지금까지와는 다른 새로운 매력 때문에 나도 모르게 침을 꼴깍 삼켰다.

"10분 지각!"

유코가 미소 지으며 말했다.

"아직 열한 시 안 됐는데?"

"남자는 약속 시간 15분 전에 오는 거라고 했잖아."

"여자가 15분 늦게 오는 거라며."

"이젠 제법 적응했네?"

유코는 웃으며 말하고는 갑자기 발레리나처럼 빙그르르 한 바퀴 돌아 보였다.

"나 어때? 오늘은 호텔에서 만나자고 해서 쫙 빼입고 왔는데."

"음…… 사실은 업무 때문에 여기서 만나자고 한 거야."

"업무?"

"여기서 누군가를 만나기로 했어."

유코는 눈을 흘겼다.

"그런 말은 안 했잖아!"

"말하려는 찰나에 네가 전화를 끊은 거지."

"너무해. 내 소중한 시간을 낭비하게 하다니."

소중하다고? 내 잠자는 시간은 어쩌고? 참자, 참아. 이럴 때는 무슨 말을 해도 소용없으니.

"조금만 기다려. 업무가 끝나면 데이트하러 가자. 일 끝나자마자 바로 출발하면 되잖아."

"오늘은 비번인데 도대체 무슨 업무가 있다는 거야?"

"그게……."

나는 유코와 나란히 소파에 앉아서 말했다.

"요즘 거의 매일 혼마 경정한테 전화를 거는 놈이 있어. 아마도 미친놈이 아닐까 싶은데."

"무슨 전화인데?"

"형이 나를 죽이려 한다고 했다가 동생이 나를 죽이려 한다고 하질 않나, 전화 걸려올 때마다 다르대. 무슨 일이냐고 물어봐도 항상 같은 목소리로 그런 말만 한다더군. 어쨌든 살인을 막아달라고 호소하고 있어."

"그래서 혼마 경정님은 뭐라고 답했는데?"

"이상한 소리 집어치우라고 했지. 혼마 경정은 '경찰은 발생한 사건을 수사하는 곳이다. 살인이 일어날 가능성만으로 경찰관을 일일이 파견한다면 일본 전체 가정 수만큼의 경찰관이 필요하다'라고 대답했어. 그래도 하도 끈질기게 전화를 하니까 혹시나 하는 마음에 나한테 한번 만나보라고 하더군."

"오호, 재미있을 것 같은데?"

조금 전까지 우거지상이었던 유코의 눈이 반짝 빛났다. 나는 유코의 반응에 당황했다.

"이봐! 얘기를 듣기만 한다고 약속했잖아. 그렇게 흥미롭다는 눈을 하고 깊게 파고들려 하지 마."

"나 요즘 심심하단 말이야."

"심심해도 평화로운 게 나아!"

나는 어른답게 엄격한 목소리로 유코를 꾸짖었다. 그때였다.

"실례합니다."

누군가의 목소리가 들렸다. 고개를 돌리니 40대 중반 정도로 보이는 중년 신사가 나를 내려다보고 있었다. 고급 코트를 걸쳤지만 얼굴은 뼈가 앙상하게 드러날 만큼 야위었고 잔인한 짐승의 인상을 풍겼다. 불량배일까.

"혹시 당신이 경시청에서 나온 형사입니까?"

그는 의심스럽다는 듯 이리저리 나를 훑어보았다.

"네, 맞습니다. 혼마 경정님께 전화하신 분인가요?"

"그렇소만. 전화상으로는 형사님을 보내겠다고 하셨는데……."

"제가 형사입니다. 우노라고 합니다."

"당신이 형사라고?"

그는 의심스런 눈으로 나를 쳐다보았다. 나는 불쾌해서 신분증을 꺼내어 들이밀었다. 그는 신분증과 나를 번갈아 보더니 어깨를 움츠리며 말했다.

"경시청도 인재가 부족한가 보군요."

나는 그를 한 대 후려갈기고 싶었지만 꾹 참았다. 유코는 내 뒤에서 작은 소리로 낄낄대며 웃었다.

"무슨 일로 오셨습니까? 우선 말씀부터 들어보죠."

"나는 바쁜 사람이니 오늘 밤 당신이 우리 집으로 와주시오."

그는 주머니에서 명함을 꺼내더니 내게 건네고는 휙 돌아 성큼성큼 가버렸다. 나는 어이가 없었다.

"뭐야! 지금 장난하는 거야?"

나는 너무 화가 나 큰 소리로 소리쳤다. 그러나 이미 그는 로비를 벗어나고 없었다.

"아저씨! 조용히 좀 해! 여기 호텔 로비잖아."

유코가 나무랐지만 나는 치미는 화를 참기 어려웠다.

"뭐야, 저놈! 뻔뻔한 것도 정도가 있지. 누가 자기 얘기를 들어준대?"

"장난 전화할 사람 같진 않은데……. 대체 누구지?"

유코는 내가 받은 명함을 들여다보았다.

호리타니 겐이치로, ○○물산 고문, ○○상회 이사……. 다섯 개의 회사명이 나열된 명함에 직책은 모두 임원급이었다. 대리 정도의 직급은 하나도 없었다.

"와! 대단한 사람이네."

"뭐 하는 작자인지는 모르겠지만, 내가 알 바 아니야. 일단 여기서 좀 나가자."

나는 명함을 주머니에 넣으며 유코에게 말했다.

"왜? 이왕 초대받았는데 가봐야지."

"그놈 집에? 그럴 필요 없어!"

"궁금하지 않아?"

"전혀."

"생각해봐. 이런 사람이 왜 경시청에 매일 전화를 했을까? 한 번 정도라면 모르겠지만 매일 했다는 게 이상하지 않아? 게다가 경시청에서는 미친놈 취급하고 제대로 상대해주지도 않았어. 그러면 직접 사설탐정이라도 고용하면 될 텐데 그러지도 않고 계속 경찰을 찾고 있잖아. 경찰이 나서면 사건이 공개될 게 뻔한데 그걸 알면서도 의뢰했다는 점도 이상해. 집안싸움을 남들한테 보여주는 거나 마찬가지잖아. 반드시 뭔가 속사정이 있을 거야."

유코의 말에도 일리는 있다. 하지만 유코를 끌어들이기는 싫다. 우리 둘이 같이 뛰어든 사건이 평탄하게 끝난 적이 없으니까.

"그런 거라면 더 가기 싫어. 또 누군가 죽을 것 같아 두렵다고."

"이런! 우리 무적의 경감님이 겁쟁이가 되셨네?"

"맞아. 너를 사랑하기 때문에 죽고 싶지 않거든."

이런 말을 자연스럽게 하려면 산전수전 다 겪어야 가능하다.

"정말이야? 아저씨, 나 지금 감동했어!"

이 여자가 지금 나를 놀리는가 싶었는데 그녀는 눈에 보이지 않을 정도로 재빠르게 내 뺨에 키스를 했다.

"이봐! 이런 데서……."

나는 당황하여 주위를 둘러보니 우리 앞에 그 건방진 겐이치로가 서 있지 않은가!

"당신 대체 뭐요?"

겐이치로는 난처한 듯 머리를 긁적거렸다.

"아, 죄송합니다. 제가 방해한 것 같군요."

"아직 할 말이 남았습니까? 바쁘신 분이라면서요."

나는 겐이치로를 노려보았다.

"네? 무슨 말씀이신지……."

"이제 와서 모르는 척하시는 겁니까? 마음이 변했으면 빨리 말씀을 하십시오. 저는 비번도 반납하고 여기 온 겁니다. 시간 낭비하게 하지 마시고요."

"잠깐, 잠깐."

유코가 내 팔을 쿡쿡 찔렀다.

"왜?"

"다른 사람이야."

"다른 사람? 뭐가? 앗!"

나는 내 앞에 서 있는 사람을 자세히 살펴보았다. 분명 조금 전 그 사람과 똑같은 얼굴이다. 그런데 옷차림이 달랐다. 방금 전 입고 있던 고급 코트는 세일 행사장에서 쌓아놓고 팔 법한 싸구려 코트로 바뀌어 있었고 그 안에 입은 양복도 아무리 좋게 보려 해도 내 옷보다 비싸 보이진 않았다.

"당신은…… 겐이치로 씨가 아닌가요?"

"형님을 만나셨습니까?"

그는 깜짝 놀라며 말했다.

"형님이요?"

"저는 호리타니 겐지로라고 합니다. 혹시 경시청 형사님이십니까? 그런데 형이 여긴 왜……."

"아, 이제 알겠다!"

유코가 소리쳤다.

"두 사람이 경시청에 전화를 한 거네. 형과 동생이 번갈아서."

"형도 경시청에 전화를 했습니까? 맙소사, 항상 이렇다니까!"

겐지로는 소파에 앉아 답답하다는 듯 고개를 설레설레 흔들었다.

"그러고 보니 혼마 경정님도 그런 말씀을 하셨지."

나는 천천히 고개를 끄덕였다.

"저를 이곳에 보내겠다는 약속을 했는데도 또 전화가 와서 몇 번씩이나 같은 얘기를 반복하니 짜증이 났다고 하셨어요. 정말 놀랍군요. 쌍둥이라……."

"일란성 쌍둥이입니다. 똑같다는 말을 많이 듣습니다. 얼굴, 목소리, 체격까지 똑같으니까요. 하지만 성격은 완전히 반대입니다."

정말이었다. 자리에 앉아서 자세히 보니까 그는 형 겐이치로보다 얼굴이 통통해 부드러운 인상을 주었다. 짐승 같은 잔인한 느낌은 찾아보기 어려웠다. 동생이 머리숱도 더 많고 검다. 그러고 보니 형 쪽은 머리숱도 적었고 간간히 흰머리도 눈에 띄었다.

"쉬는 날 일부러 나오시게 해서 정말 죄송합니다."

"일단 무슨 일이신지 말씀해보시죠."

"괜찮으시다면 저희 집까지 모시고 싶은데요."

"그것까지 똑같군."

나는 혼자 중얼거렸다.

"네?"

"아닙니다. 좋습니다. 가시죠."

나는 자리에서 일어섰다. 동생 겐지로는 태도가 정중해서 좋았다.

"실은 형님한테도 집으로 초대를 받았습니다만."

"아, 그렇습니까? 별 상관없으실 겁니다. 형 집은 저희 집에서 아주 가깝거든요. 예쁜 따님도 함께 가시지요."

겐지로가 웃으며 말했다.

'예쁜'이라는 말을 굳이 듣지 않았어도 함께 가려고 했던 유코는 아주 기쁜 표정이었다.

"네. 그럴게요. 저도 꼭 가고 싶어요."

"그렇게 하세요. 이렇게 예쁜 따님이 있으셔서 아버님도 좋으시겠습니다."

따님이라니? 나는 동생 겐지로도 후려갈기고 싶어졌다.

"형은 무슨 이야기를 하던가요?"

겐지로가 차를 운전하면서 물었다. 중고차라 부르기도 민망한 폐차에 가까운 낡은 차였다.

"그냥 집으로 와달라고만 했습니다. 무슨 이야기를 하려는지는 언질도 주지 않았습니다."

나는 여전히 '아버님'이란 말에 심통이 나서 화난 표정으로 대답했다. 겐지로는 전혀 눈치채지 못한 듯 웃으며 말했다.

"형은 원래 그런 사람입니다. 형답네요. 타인은 그저 자기 명령을 따르기 위해 존재한다고 생각하니까요."

"두 분이 서로 '나를 죽이려 한다'고 신고한 이유가 뭡니까?"

"형은 제가 형을 죽이고 자기 자리를 차지하려는 음모를 꾸미고 있다고 굳게 믿고 있어요. 자신이 살해당하기 전에 저를 죽여야 한다고 생각하고 있죠. 정당방위라고 주장하면서 말입니다."

"그래서 두 분이 서로에게 살해당한다고……."

"네. 그런 겁니다."

"하지만……."

유코가 끼어들었다.

"도대체 무슨 이유로 그런 소란이 벌어진 거죠?"

"원래 형과 저는 사이가 좋은 편이었습니다. 판에 박은 듯 외모가 똑같아서 어렸을 때는 자주 남을 속이고 장난치며 놀았죠. 외향적인 성격에 야심이 강한 형에 비해 저는 내성적인 데다 사업 따위엔 흥미가 없어요. 때문에 아버지께서 돌아가셨을 때도 사업을 계승할 사람은 당연히 형이라고 생각했습니다. 그래서 저와 형을 공동 경영자로 삼겠다는 아버지의 유언이 있긴 했지만 저는 일체의 권리를 포기하고 형한테 모든 것을 양도했습니다. 형은 타고난 재능을 충분히 발휘해서 사업을 확장하였고 사업가로서의 자리를 굳혔습니다. 반면 저는 일은 하지 않고 좋아하는 그림을 그리면서 여유롭게 살았습니다. 주식 배당금만으로도 먹고살 정도는 되거든요."

"정말 멋있는 인생이네요."

유코가 부러운 듯 한숨을 쉬었다. 요즘 젊은이들한테는 이런 인생이 이상적인가. 한심하기 짝이 없군.

"그래서 형과 저는 사이가 좋았어요. 그런데……."

겐지로는 잠시 말을 멈추었다.

"언젠가부터 사이가 틀어지기 시작했어요."

"그게 언제부터죠?"

"그게……. 집에 가서 계속 얘기하시죠. 이제 곧 집에 도착합니다."

차는 어느새 숲 속으로 들어섰다. 도심에서 겨우 한 시간 남짓한 거리에 이런 곳이 다 있나 싶을 정도였다. 여긴 다마 구릉 어디쯤이려나. 겨울이라 동사한 나무들이 뒤엉켜 있고 비포장도로라 길이 울퉁불퉁했다. 얼마간을 달려 마침내 낡은 목조 주택 앞에서 차가 멈추었다.

북유럽풍의 저택은 꽤나 오래전에 지어진 듯했다. 색이 바랜 탓인지 중후한 무게감과 침울한 분위기가 동시에 감돌았다. 2층에 보이는 모든 창문은 나무 덧문으로 굳게 닫혀 있다. 금방이라도 유령이 나올 것만 같은 분위기였다.

"들어가시죠."

우리는 차에서 내려 삐걱거리는 큰 현관문을 열었다. 아주 오래된 문이다. 페인트가 군데군데 벗겨진 검은 문의 중앙에는 사자 모양의 청동 문고리가 붙어 있었다.

그리고 유령이, 아니, 한 여자가 우리를 맞이했다.

"제 아내입니다."

나는 그가 앞서 말했던 '틀어지기 시작한 원인'이 무엇인지 알 것 같았다.

2

"별거 아니지만 드세요."

가쓰코 씨가 홍차를 내왔다.

"그럼 편히 말씀 나누세요."

그녀는 가볍게 인사를 하고 조용히 밖으로 나갔다.

"아름다운 분이시군요."

"제 유일한 보물이지요."

겐지로가 미소를 지었다.

"사실 아내 때문에 저와 형 사이가 틀어졌습니다."

"그렇군요. 어떻게 된 겁니까?"

"아내는 형의 비서였습니다. 형은 아내한테 푹 빠져 있었죠. 결혼까지 생각하고 집에도 데려왔어요. 그때 저와 아내는 처음 만났고 서로 첫눈에 반했습니다. 결국 형이 차인 꼴이죠. 형 입장에서는 그녀를 이해하기 힘들었을 겁니다. 아내는 성공한 사업가인 형보다 일도 없이 빈둥거리는 저를 선택했으니까요. 그때부터 저를 원수 보듯 했습니다."

"그 후 형이 무슨 일이라도 벌였나요?"

"우리는 5년 전에 결혼을 했습니다. 그런데 결혼한 다음 해부터 배당금을 받지 못했습니다. 제가 가지고 있던 회사의 주식이 영업 부진을 이유로 무배당으로 전락하고 말았죠. 제게는 동전 한 푼 들어오지 않았습니다."

"혹시 형이……."

"네. 물론 저도 처음엔 불황 탓이겠거니 하고 크게 신경 쓰진 않았습니다. 저축해놓은 돈도 조금 있으니까 그 돈을 다 쓰기 전에 경기가 좋아질 거라 생각하고 마냥 기다렸지요. 그러나 저는 계속 배당금을 받지 못했어요. 해당 업계 경기가 회복되었는데도 제가 주식을 가진 회사만 여전히 적자였습니다. 그사이 업계에서는 형에 대한 흉흉한 소문이 돌았어요. 형이 이 회사만 적자를 내려고 경영을 엉망으로 한다고 말입니다. 실제로 형이 경영에 관여하는 다른 회사들은 계속 성장세를 보이고 있었으니까요."

"형님이 당신의 수입을 끊기 위해서 일부러 적자 경영을 하셨다는 말씀이군요."

나는 고개를 저으며 말을 이었다.

"지나친 생각이 아닐까요? 다른 주주들이 잠자코 있지는 않을 텐데요?"

겐지로는 미소를 지으며 대답했다.

"그 회사는 아버지가 설립한 회사입니다. 주식의 대부분은 형과 제가 나눠 가지고 있고 친척 몇 분이 남은 주식을 가지고 있습니다. 상황이 이렇다 보니 형이 혼자서 경영을 도맡았다고 해도 과언이 아닙니다."

"친척분들은 아무런 말씀도 없으신가요?"

"친척들 사이에서 형의 발언권은 절대적이니까요. 형한테 불만을 드러내는 이는 없어요."

"흠."

나는 한숨을 쉬며 다시 물었다.

"그래서 당신은 어떻게 하셨습니까?"

"한동안 저는 형이 일을 꾸몄다는 사실을 꿈에도 모른 채 내내 경기 탓만 하면서 지냈습니다. 저축해둔 돈으로 그럭저럭 생계는 유지해나갔고요. 형이 아무리 화가 났다고 해도 설마 그렇게까지 하리라고는 생각지도 못했으니까요. 실상을 알고 나니 참을 수가 없었습니다. 저는 형네 집으로 쳐들어가서 단도직입적으로 물어봤지요. 놀랍게도 형은 순순히 그 사실을 인정했습니다. 게다가 저를 놀리듯이 '내 회사에서 일해볼래? 원한다면 자리를 마련해주지'라고 하지 뭡니까. 저는 너무 화가 나서 '형을 죽이고 남은 유산을 차지해버릴 거야!'라고 소리 질렀지요."

"그랬군요. 그래서 이런 분쟁이 벌어진 거로군요."

겐지로는 괴로운 표정으로 말을 계속했다.

"물론 제가 한 말은 진심이 아니었습니다. 그런데 형은 완전히 겁에 질렸는지 엽총도 사들이고 경호원까지 고용하더군요. 그 탓에 오히려 저와 제 가족이 위험해졌습니다."

"실제로 위기에 처했던 적이 있었나요?"

"네. 이를테면……."

그가 말을 꺼내려는 순간, 갑자기 우리가 있던 거실 창문이 폭음과 함께 산산조각이 났다. 유리 파편이 사방으로 튀고 창문 앞에 놓여 있던 빈 의자가 날아갔다.

"산탄총이다! 모두 엎드리세요!"

나는 옆에 있던 유코의 팔을 붙잡고 바닥에 바짝 엎드렸다. 겐지로는 우리가 상처를 입지 않았는지 확인하고 문 쪽으로 뛰어갔다. 나는 거실에서 뛰쳐나가다 달려오는 가쓰코 씨와 마주쳤다.

"무슨 일이에요?"

"산탄총입니다. 이젠 괜찮을 겁니다."

나는 파랗게 질린 가쓰코 씨에게 말했다.

"겐지로 씨도 무사하십니다. 부인께서는 이곳에 계세요."

나는 현관을 통해 밖으로 나갔다. 거실에서 날아간 의자가 나동그라져 있고 창문이 부서지면서 흩어진 유리 파편이 숲으로 이어져 있다. 어디서나 볼 수 있는 평범한 숲이었다. 나는 숲 속을 가만히 바라보았으나 눈에 띄는 움직임은 없었다. 범인은 총을 한 발 쏘자마자 재빨리 도망쳤을 터였다.

"젠장!"

나는 투덜거렸다.

"뭐라도 발견했어?"

유코의 목소리가 들렸다.

"밖으로 나오면 안 돼. 아직 위험하다고."

"괜찮아. 나는 불사신 원더우먼이니까. 근데 총을 쏜 사람은?"

"잽싸게 도망쳤지."

"엉뚱한 곳을 쏜 걸 보면 죽이려고 한 건 아닌가 본데."

"그럼 협박을 한 건가?"

나는 문득 유코가 본인의 왼팔을 부여잡고 있는 모습을 보고 가슴이 철렁 내려앉았다.

"유코, 다쳤어?"

"아니. 누군가 무식하게 잡아당겨서 그래."

유코가 얼굴을 찌푸리며 말했다.

"연약한 아가씨한테는 좀 더 상냥하게 대해주란 말이야."

"목숨이 더 중요하지. 그건 그렇고 정말이지 소란스러운 형제로군."

"이러다 진짜 누구 하나 죽겠어."

"넌 이 상황에서 뭐가 그리 재밌냐?"

나는 흥미롭다는 표정을 짓는 유코를 보며 한마디 쏴주었다.

"어쨌든 동생 이야기만 들어보면 형이 문제인 듯해."

"이봐요, 아저씨. 무슨 일이든 쌍방의 이야기를 다 들어보지 않고서는 모르는 일이라고."

"하지만 그 형이라는 놈 집에 가기는 싫어."

"무슨 프로가 이래? 수사 1과 형사 맞아? 게다가 이 사건은 생각보다 단순하지 않은 것 같아."

"생각 안 해도 단순하지 않아."

"아저씨도 생각보다 단순하지는 않은데."

유코와의 대화가 삼천포로 빠지기 시작할 무렵 우리는 현관으로 들어섰다. 때마침 겐지로가 나타나 얼굴을 찌푸리며 말했다.

"경감님, 어떤 놈인지 보셨습니까? 역시 없죠? 전에도 이런 적이 있었습니다. 정말 도가 지나친 장난질이에요. 일단 식사부터 하시지요. 아내가 점심을 준비했습니다. 차린 건 없지만 함께 드시죠."

호화로운 식탁이라고 말할 정도는 아니었지만 가쓰코 씨가 손수 만든 요리에서는 따스함이 느껴졌다.

가쓰코 씨는 서른둘, 셋 정도라고 들었는데 차분한 성격에 복장도 수수해서 한두 살 더 많아 보였다. 그래도 남편 겐지로보다는 꽤 어리다. 비서로 일한 경험이 있어서 그런지 걸음걸이나 몸가짐도 흠잡을 데 없이 단정했다. 게다가 엄청난 미인이다. 일반적으로 사람들은 유능한 비서라고 하면 중년 여성을 떠올리며, 예쁘장한 비서라고 하면 차 심부름 말고는 할 줄 아는 게 없다고 여긴다. 그런데 그녀는 일도 잘하고 미인이니 눈에 띌 수밖에 없었으리라. 저 짐 승 같은 겐이치로가 반한 것도 무리는 아니다.

식사하는 동안 겐지로는 이 낡은 저택에 얽힌 이야기를 들려주며 우리를 즐겁게 해주었다. 반면 가쓰코 씨는 말없이 입가에 엷은 미소를 띤 채 단정하게 앉아 식사만 할 뿐이었다.

"우노 형사님, 앞으로 어찌하실 생각입니까?"

식사를 마치고 거실로 돌아오자 겐지로가 물었다. 조금 전 깨진 창문은 어느새 두꺼운 판지로 가려져 있고 유리 파편도 깨끗이 정리되어 있었다.

"일단 형님 댁에도 찾아가 볼 생각입니다."

"그야 당연하지요. 형 이야기도 들어보시고 공정하게 판단해주십시오."

그 말을 듣고 나는 고개를 끄덕였다.

"형이 돌아왔는지 전화해보겠습니다."

나는 거실을 나오면서 한숨을 쉬었다.

"거참, 난처하군. 형의 이야기를 듣는다 해도 특별한 건 없을 듯한데. 무슨 일이 일어나지 않는 이상 경찰 측에서 먼저 움직이지도 못할 노릇이고. 좀 전의 산탄총 사건도 캐물으면 모르는 척할 게 뻔해. 아니, 유코. 지금 뭐 하는 거야?"

유코는 산탄총 때문에 깨진 창문으로 다가가더니 모처럼 입은 원피스가 망가지는 것도 개의치 않고 바닥에 엎드려 마치 사냥개처럼 여기저기를 훑어보고 있지 않은가.

"언제부터 멍멍이가 된 거야?"

"음……. 좋아."

유코는 벌떡 일어나서 손에 묻은 먼지를 털더니 혼자 고개를 끄덕였다.

"혼자서 뭘 감탄하고 있는 거야?"

"깨끗하네."

"뭐가?"

"좀 전에 깨진 유리창 말이야. 바닥에 유리 조각 하나 떨어져 있지 않아. 창틀에 낀 파편들도 이미 깨끗하게 치웠어."

"부인이 참 부지런한 사람이군."

"이렇게 무딘 사람을 봤나."

유코는 이제 아예 대놓고 꾸짖는다.

"그게 무슨 말이야?"

"내 얘기는 이 정도로 깨끗하게 치우려면 시간이 얼마나 걸리겠냐는 거야."

"시간?"

"5분, 10분 내로 다 치울 수는 없잖아. 그런데 겐지로의 부인은 도대체 이걸 언제 다 치운 걸까?"

"글쎄……."

"우리가 밖을 확인하고 들어오는 데 걸린 시간이래야 고작 5, 6분이야. 바로 점심을 먹었고 부인은 줄곧 우리하고 함께 있었어. 우리가 밖으로 나간 사이 정리를 끝마쳤다는 말인데……."

나는 여우에게라도 홀린 기분이었다.

"형이 집에 돌아왔네요."

전화를 하러 갔던 겐지로가 돌아왔다.

"형사님이 여기에 계시다는 걸 알고 몹시 화를 냈습니다. 모셔 갈 사람을 이쪽으로 보낸답니다."

오전에는 화창하던 날씨가 오후가 되자 잔뜩 흐려졌다. 하늘에는 잿빛 구름이 가득해 머리를 짓누르는 것만 같았다. 현관을 나서자 이곳에 타고 왔던 폐차 수준의 차와는 전혀 다른 차가 우리를 기다리고 있었다. 굳이 두 차의 공통점을 찾자면 차바퀴가 네 개이고 핸들이 하나라는 점뿐이다. 겐이치로가 보낸 차는 고가의 고급 외제차였다.

"타시죠."

무표정한 운전기사가 정중하게 문을 열어주었다. 나는 유코를 먼저 태우고 현관에서 배웅하는 겐지로에게 가볍게 인사한 후 차에 올랐다.

"저기, 잠시만요."

가쓰코 씨가 종종걸음으로 현관을 나와 우리를 향해 달려왔다.

"성냥을 두고 가셨어요."

그녀는 처음 보는 성냥갑을 내 손에 쥐여주었다.

"아니, 이게……."

나는 이게 대체 뭐냐고 물으려 했지만 그녀는 내 말을 가로막듯 말했다.

"오늘 제대로 대접을 못 해드려서 죄송합니다."

가쓰코 씨는 그렇게 말하고는 재빨리 집 안으로 들어갔다.

"이상하네. 이 성냥 내 것이 아닌데……"

조용히 움직이고 있는 자동차 안에서 나는 중얼거렸다.

"무슨 소리를 하는 거야? 이건 아저씨가 오늘 아침부터 들고 다닌 거잖아. 하여튼 그놈의 건망증은!"

유코의 과장스런 말투에 나는 뭔가 있다는 걸 눈치챘다.

"아, 그렇지. 깜빡했어."

나는 어색한 웃음을 지었다. 운전수가 듣고 있으니 수상쩍은 말은 삼가야 한다.

성냥갑을 손바닥에서 슬쩍 뒤집어보았다. 찻집에 흔히 있는 성냥갑이다. 라벨의 흰 바탕 부분에 볼펜으로 휘갈겨 쓴 글씨가 보였다.

'오늘 밤은 형님 댁에서 주무세요.'

나는 슬며시 성냥갑을 유코 손에 건넸다. 유코는 흘깃 쳐다보고는 다시 시선을 창밖으로 돌렸다.

"형님 댁은 여기서 먼가요?"

유코가 묻자 운전수가 고개를 약간 뒤로 돌려서 말했다.

"아닙니다. 거리는 가까운 편입니다. 다만 이 차가 워낙 폭이 넓어서 숲을 빠져나가기가 좀 힘들 뿐입니다."

구불구불한 길을 좌우로 방향을 틀며 천천히 달린 지 약 15분. 돌연 시야가 넓어지더니 차가 멈췄다.

"아니, 이럴 수가!"

차에서 내린 나는 눈앞에 펼쳐진 광경에 저도 모르게 소리를 질렀다.

정말 신기한 광경이었다. 날이 저물어가는 어스레한 빛이 감도
는 하늘 아래 시커멓게 자리 잡은 이층집은 조금 전 우리가 나온
집과 똑같았다. 돌고 돌아서 방금 전까지 있던 곳으로 되돌아온
듯한 착각이 들 정도였다. 자세히 살펴보니 이 집은 모든 창문에
밝은 커튼이 쳐 있었고 현관문도 새것이었다. 전체적으로 집에 생
기가 돌았다.

"정말 신기하다. 집마저 쌍둥이처럼 똑같네."

유코도 기가 막힌다는 듯 말했다.

"자, 어서 들어오십시오."

겐이치로가 나와 우리를 맞이했다.

"겐지로 녀석도 경찰에 도움을 청했다니. 정말 웃기는군."

우리는 다시 거실 소파에 앉았다. 집 내부도 겐지로의 집 내부와
똑같았으나 이 집 거실이 훨씬 호화로웠다. 바닥에는 호랑이 가죽
으로 만든 카펫이 깔려 있고 소파의 쿠션감도 상당히 좋았다.

"뭐라도 마시겠소?"

겐이치로는 호텔 로비에서 만났을 때보다 훨씬 온화해 보였다.

"브랜디 어떻소?"

"네. 고맙습니다."

"괜찮다면 부인도 같이 드시지요."

그가 유코를 보며 말했다.

부인? 이렇게 말해주다니. 사람이 다시 보이는군.

"모처럼의 휴일을 빼앗아 미안합니다. 늘 바쁘게 살다 보니 남의

형편 따위는 신경 쓰지 않는 버릇이 생겼소. 너그러이 용서하시오."

"아닙니다. 이런 일도 업무의 연장이니까요."

나는 억지웃음을 지었다.

"동생 집을 본 뒤 이곳에 오셨으니 좀 놀랐겠군요."

겐이치로는 내가 아닌 유코를 보며 유쾌한 어조로 물었다.

"네. 집까지 쌍둥이라."

"아버지는 우리 형제한테 '공평'을 언제나 제1의 원칙으로 삼으셨소. 그래서 우리가 아이였을 때 이미 집 두 채를 만들어두셨고 나와 동생은 학교도 같은 곳을 다녔소. 하지만 타고난 성격만큼은 변하지 않더이다."

겐이치로는 한숨을 내쉬고 다시 말했다.

"그 녀석은 대학도 중퇴하고 빈둥빈둥 놀았다오. 몇 번이나 타일러봤지만 들은 체도 하지 않았소. 아버지가 돌아가시자 동생은 공동 경영자의 지위를 제 스스로 걷어차 버렸소."

"그 이야기는 동생분한테서도 들었어요."

"그렇소? 그 녀석이 무슨 말을 합디까? 혹시 미인을 빼앗긴 분풀이로 내가 일부러 적자 경영을 했다고 그러더이까?"

"네. 동생분은 그렇게 말했습니다. 사실이 아닙니까?"

내 질문에 겐이치로는 순순히 수긍했다.

"동생한테 주식 배당금이 돌아가지 않게 한 것은 사실이오."

"동생분은 생활 형편이 어려운가요?"

"그렇소. 거실만 해도 동생네는 꽤 초라하지 않소?"

"네. 그렇더군요."

"전에는 집 내부가 미술 작품으로 잘 꾸며져 있었소. 그 녀석은 그림이 취미라서 말이오."

"미술품을 팔아치웠다는 말씀인가요?"

"그 수입으로 겨우겨우 살아가는가 보더군."

"제 눈에는 꽤 냉혹한 처사로 보입니다만."

겐이치로는 진지한 얼굴로 물끄러미 유코를 바라보며 말했다. 왠지 대화의 흐름이 나를 무시하고 흘러가는 듯했다.

"부인, 당신은 여기에 있는 남편이 일도 없이 배당금만으로 놀면서 생활한다면 어떻겠소? 이 사람이 지금은 일단 경찰관이라고는 하지만 말이오."

지금 이 사람이 무슨 소릴 하는 거야? 왜 백수 동생과 나를 엮느냐고.

"배당금도 언제까지나 원하는 대로 나오는 게 아니오. 이런 불황에서는 회사가 언제 도산할지 모르오. 상황이 이런데 그 녀석은 기술도 없고 일할 의지도 없소. 사실 나는 동생이 평생 그런 식으로 살아도 상관없다고 생각했었소. 혼자서 살아가는 경우엔 말이오. 그런데 그 녀석은 결혼을 해서 가정이 있지 않습니까."

겐이치로는 몹시 못마땅한 듯 고개를 저었다.

"실은 나도 그 여자를 많이 좋아했었소. 동생이 가로챘을 때는 적잖이 분하다고 생각했지만 마음에 담아두진 않았소. 결혼까지 했으면 동생도 사회적인 책임을 지고 아내를 보살펴야 하지 않겠소? 그게 남자잖소. 그런데도 그 녀석은 조금도 달라지지 않았소. 하루 종일 집이나 숲 속을 어슬렁대기만 할 뿐이었다오. 그래서 나는 그 녀석을 무일푼이 되도록 만들기로 결심했소. 돈이 없으면 일할 마음이 생길까 해서 말이오. 한데 녀석은 일하는 것보다 더 손쉬운 방법을 생각해냈소. 날 죽이고 이 자리를 차지하려고 한단 말이오.”

“동생을 위한 행동이 도리어 원망을 사고 말았군요.”

“그렇소. 나는 동생을 위해서 일부러 그렇게 한 건데 말입니다.”

나는 둘의 대화에 겨우 끼어들었다.

“겐이치로 씨, 동생분이 당신을 죽이려 했던 구체적인 사건이 있었습니까?”

“물론이오. 예를 들면…….”

겐이치로가 말을 꺼내려 하는 순간이었다. 갑자기 굉음과 함께 거실 창문이 부서졌다.

3

“정말 이상한 형제로군.”

나는 계단을 오르며 입을 크게 벌려 하품을 했다.

“하하하. 아저씨 입 진짜 크다!”

“놀리지 마. 지금이 몇 시야? 열 시쯤 되었나?”

"응. 열 시네. 아직 초저녁인데 벌써 졸려. 와인을 너무 마셨나 봐."

나와 유코는 겐이치로의 권유로 2층 방에서 자기로 했다.

저녁 식사는 대단히 호화로웠다. 나 같은 평범한 사람은 듣지도 보지도 못한 요리가 차례차례 나왔다. 우리는 배가 터질 정도로 음식을 먹었다.

대식가인 하라다를 불렀다면 틀림없이 기뻐했겠지.

요리, 와인, 아주 비싸 보이는 식기까지 어느 것 하나 빠지는 게 없었다. 그런데도 왠지 이가 빠진 듯 쓸쓸한 느낌이 드는 건 이 집에 안주인이 없는 탓이리라. 겐이치로는 아무 이야기도 하지 않았지만 사랑했던 여자를 동생에게 빼앗기고 나서 독신으로 살고 있는 듯했다.

저택에는 요리사를 비롯해 서너 명의 고용인이 있었다. 겐이치로는 식사를 하면서 기업 간의 비화 등을 소재로 흥미로운 대화를 이끌어나갔다. 낮에 보았던 무뚝뚝한 모습과는 전혀 딴판이었다.

"두 집이 똑같이 총으로 공격을 당하다니 우연치고는 너무 이상한데? 그것도 같은 창문을 부쉈어."

나는 계단을 다 오를 쯤에 유코에게 말했다.

"어느 방이라고 했더라?"

"오른쪽 세 번째. 저길 봐. 열쇠가 꽂혀 있잖아. 저 방이야. 같은 창문을 노린 건 겐지로 씨의 앙갚음이라고 본다면 그리 이상한 일도 아니지. 일부러 같은 곳을 쏴서 당한 만큼 돌려준 거야."

"그런가? 형제들의 주장을 어떻게 생각해? 어라, 문이 열려 있네."

우리는 불이 켜진 방으로 들어갔다. 16제곱미터는 넘어 보이는 넓은 방에 고풍스러운 침대가 놓여 있었다.

"우와! 대형 더블 침대다!"

유코가 탄성을 지르며 침대 위로 몸을 날렸다.

"이런 침대에서 자보고 싶었어!"

"거참, 내가 지금 여기 뭘 하러 온 건지……."

나는 침대에 걸터앉으며 말했다.

"정말 무슨 일이라도 벌어지려나?"

"살인."

유코가 간략하게 대답했다.

"뭐라고? 그게 무슨 말이야?"

나는 유코를 보며 되물었다.

"말했잖아. 이 사건에는 감춰진 뭔가가 있어. 지금 보이는 것은 빙산의 일각에 불과해. 겐지로 부인이 준 메모도 그렇고 고용인도 없는 집에서 어떻게 그렇게 재빨리 유리 파편을 깨끗이 치웠는지 불가사의해."

"알다가도 모르겠다니까."

"아저씨는 생각하는 거 싫어하잖아."

유코가 냉정하게 말했다.

"무슨 소리를 하는 거야? 두고 봐! 사건이 일어나면 반드시 이 손으로 범인을 잡을 테니."

"아저씨는 진짜 살인이 일어난다면 누가 죽일 것 같아?"

"글쎄. 나는 동생한테 그다지 믿음이 안 가. 일도 없이 빈둥대는 녀석 입장에선 가난이라는 건 생각만으로도 두려운 일일 테니까. 그 두려움에 살인을 저지를지도 몰라.”

“경찰은 사회적 지위를 가진 사람을 무조건 신뢰하는 나쁜 버릇이 있다니까.”

“그럼 너는 어떻게 생각하는데?”

유코는 침대에 누운 채로 천천히 고개를 가로저었다.

“모르겠어. 그건 모르겠는데 전혀 예상치 못한 사태가 일어날 것 같아.”

유코와 나란히 누워 잠을 청했지만 나는 편히 잠들지 못했다. 밤새도록 끙끙거리며 엎치락뒤치락했다. 그때 갑자기 누군가 내 배를 힘껏 걷어차 나는 비명을 지르며 벌떡 일어났다.

“아얏!”

“왜 그래, 아저씨? 무슨 일이야?”

유코가 잠이 덜 깬 눈으로 고개를 들었다.

“지금 발로 걷어차지 않았어?”

“내가 그랬어? 미안해. 잠들어 있었으니 형사책임은 묻지 않을 거지?”

“이렇게 계속 걷어차이면 아침까지 갈비뼈 두세 개는 부러지겠는데?”

“그런데 지금 몇 시야?”

나는 어둠 속에서 옆 테이블에 놓인 손목시계를 들여다봤다.

"새벽 2시 40분."

"잠이 달아나 버렸어. 누가 시끄럽게 구는 바람에."

"유코, 정말 잠이 다 깬 거야?"

나는 유코를 품고 싶은 마음에 그녀 쪽으로 슬금슬금 다가갔다.

"안 돼! 지금 근무 중이잖아."

"우리를 부부라고 생각해서 같은 방에 자게 해줬잖아."

"동생 집이었다면 어땠을 거 같아? 우리를 부모 자식 사이로 봤으니 나한테 아기 침대라도 내줬으려나?"

"설마!"

유코는 검지로 나의 코를 가볍게 툭 치고 말했다.

"키스 정도는 해도 좋아."

유코의 말에 나는 기다렸다는 듯이 재빨리 그녀에게 입을 맞추었다.

"뭐지, 이 냄새는?"

갑자기 유코가 말했다.

"냄새 나?"

"저녁 먹을 때 마늘은 없었는데."

"만두를 먹은 것도 아니고."

그렇다면! 우리 둘은 흠칫 놀라 반사적으로 문 쪽을 바라봤다. 어둠 속이었지만 문 아래에 검은 연기가 차 있는 게 보였다.

"불이야!"

나는 침대에서 뛰어내려 문을 열었다. 복도에는 이미 검은 연기가 가득 차 있었다.

"도망쳐야 해! 어서 옷을 챙겨!"

나는 유코를 향해 크게 외쳤다. 유코도 재빨리 움직였다. 속옷 차림을 한 채로 옷은 하나로 뭉쳐서 겨드랑이 사이에 넣었다.

"어디에서 불이 난 거지?"

"몰라. 이 집은 목조건물이니 금세 번질 거야."

둘이서 옷을 감싸 쥐고 계단을 내려갔다. 낮에 우리를 데려온 운전기사가 뛰어 올라왔다.

"다행입니다. 일어나 계셨군요!"

"다른 사람들은요?"

"벌써 다 밖으로 나갔습니다. 자, 서두르세요."

"불이 많이 번졌나요?"

"거실은 이미 손쓰기 힘들 정도예요."

1층을 가득 채운 연기가 소용돌이치고 있었다. 우리는 최대한 몸을 낮추고 기침을 하며 현관 밖으로 나갔다.

"무사해서 다행이오."

가운 차림의 겐이치로가 황급히 달려왔다.

"어처구니가 없구먼. 괜찮소?"

"괜찮습니다."

나는 추위에 몸을 떨며 허둥지둥 옷을 입었다.

"소방서에 신고는 하셨습니까?"

"지금 관리인 한 명이 직접 신고를 하러 출발했소."

"왜 전화를 하지 않고요?"

"전화는 불통이오."

나와 유코는 서로 얼굴을 마주 보았다.

"소화 장비는 없나요?"

"소화기 정도야 있지만……."

겐이치로가 고개를 저었다.

이미 건물의 절반 가까이가 불에 타버렸다. 불은 맹렬하게 타오르며 나머지 부분까지 집어 삼키고 있었다. 그 열기에 얼굴이 화끈거렸다. 우리는 조금씩 뒤로 물러섰다.

"아무것도 들고 나올 틈이 없었소."

"도대체 왜 불이 난 거죠?"

나는 겐이치로에게 따지듯이 물었다.

"글쎄 말입니다. 거실에는 불이 날 만한 건 없었소."

입에 올리지 않아도 모두 같은 짐작을 하고 있음이 틀림없다. 동생인 겐지로가 전화선을 끊고 방화를 저지른 걸까?

"화재보험도 들어두었고 고가의 물건은 집 안에 두지 않았다오. 목숨을 건졌으니 그리 아까운 건 없소."

큰 사업을 하는 사람이라 그런지 겐이치로는 아주 침착했다.

"감기 정도는 걸릴지도 모르겠지만 말이오."

"사장님."

운전기사가 말했다.

"호텔에라도 모셔다 드릴까요?"

"기다리게. 정들었던 집이라네. 다 타는 데 그다지 시간이 오래 걸리지 않을 걸세."

젠이치로의 말에서 쓸쓸함이 느껴졌다. 그때 유코가 소리쳤다.

"저게 뭐죠?"

유코가 가리킨 방향으로 시선을 돌리자 짙은 어둠이 깔린 숲 쪽에서 무언가 밝게 반짝이고 있었다.

"앗! 저건!"

소리친 사람은 젠이치로였다.

"저건 내 동생 집이야! 동생 집이 타고 있어!"

"뭐라고요? 설마 그런……."

나는 입이 다물어지지 않았다. 쌍둥이의 집이 타고 있다. 그것도 동시에. 세상에 어떻게 이런 일이…….

젠이치로는 갑자기 숲을 향해 달려갔다. 숲 속으로 들어간 그의 모습은 이내 사라졌다.

"기다리세요!"

나는 큰 소리로 외치면서 젠이치로를 뒤따랐다. 유코도 바로 내 뒤를 따라 달렸다. 우리는 캄캄한 숲 속을 마구 내달렸다. 나는 꽤 깊이 들어왔다. 한 치 앞도 보이지 않는 숲 속에서 어디로 가야 할지 갈피를 잡지 못했다. 그저 나무들 사이로 보이는 불꽃을 향해 무성한 수풀을 헤치고 가지를 쳐내며 열심히 걸음을 옮길 뿐이었다.

실제로 두 채의 쌍둥이 집은 숲을 가로질러 가면 그리 먼 거리는 아니었다. 하지만 어두운 밤이라서 그런지 더 멀게 느껴졌다. 앞이 잘 안 보이는 통에 몇 번이나 넘어졌는지 모른다. 뼈가 부러질 정도는 아니었지만 나뭇가지에 손발이 긁히고 옷이 걸려 찢어지는 등 우여곡절 끝에 겐지로의 집 앞에 도착했다. 그 집 역시 불길에 휩싸여 있었다.

"처참하군."

"아저씨, 겐이치로 씨는 어딨어?"

내 뒤를 이어 숲을 빠져나온 유코의 원피스도 갈기갈기 찢겨져 있었다.

"몰라. 어디로 갔는지."

그때 현관문이 쾅 하고 열리더니 잠옷에 얇은 카디건만 걸친 가쓰코 씨가 달려 나왔다.

"부인! 괜찮으신가요?"

"남편이…… 남편이 아직 집 안에 있어요!"

"어느 방에 있습니까?"

"아주버님이 구출하려고 집으로 들어가셨어요."

"남편분은 어디에 계시냐고요!"

"2층 침실이에요."

나는 곧바로 현관 쪽을 향했으나 맹렬한 열기에 순간 멈칫했다. 깊게 숨을 들이마시고 저택 안으로 뛰어든 순간 거대한 불길이 눈앞을 가로막았다. 불이 붙은 나무 파편들이 여기저기서 떨어져 내렸다. 머리를 들어 2층을 올려다보았다. 그때였다. 불길에 휩싸인 천장이 순식간에 무너져 내렸다. 이렇게 죽는구나. 제기랄! 분하다.

이틀 후면 보너스 받는데!

　추위가 뼛속까지 스며들었다. 곧 날이 밝아올 거다. 남김없이 타
버려 재로 변한 겐지로의 집에서는 희끄무레한 연기가 피어올랐다.
군데군데 타다 남은 불이 혀를 날름거려 간밤의 기억을 떠올리게
했다. 가까스로 도착한 소방관들이 다 사그라진 불길 사이를 돌아
다니고 있다. 어딘지 모르게 쓸쓸한 광경이다.
　"어라, 누구세요? 못 보던 얼굴인데? 그을음투성이네?"
　유코가 내 얼굴을 보며 놀랐다.
　"원래도 보기 좋은 얼굴 아니었잖아."
　"그야 그렇지. 아저씨, 바보 아니야? 그렇게 무작정 뛰어들면 어
떡해? 명색이 형사라는 사람이 말이야."
　"그땐 그래야 한다고 생각했어. 네가 끌어내지 않았으면 지금쯤
나는 전신 화상을 입은 채 저세상으로 갔겠지."
　"농담할 때가 아니라고!"
　유코는 정색을 하며 화를 냈다.
　"아저씨가 죽으면 내가 얼마나 큰 충격을 받을지 생각이라도 해
봤어?"
　나는 그 말에 가슴이 뭉클하여 유코의 어깨를 끌어안았다.
　"유코, 춥지 않아?"
　"난 괜찮아."
　유코가 미소 지었다.

구급차에 겐이치로를 실어 보낸 후 1시간 가까이 지났다. 동생인 겐지로는 아직 발견하지 못했다. 가쓰코 씨가 몽유병 환자처럼 비틀비틀 걸어왔다.

"부인……."

"제 남편은 찾을 수 있을까요?"

"물론입니다. 기다려보세요."

"찾아도 많이 다쳤겠죠?"

나는 그 말에 대답하지 않고 질문했다.

"부인, 왜 불이 났는지 아십니까?"

"모르겠어요. 정신이 들었을 때는 이미 온 집 안이 연기로 가득했어요."

"불이 난 사실을 알았을 때 남편분은 같이 있었나요?"

"네. 하지만 남편은 할 일이 있으니 저보고 먼저 나가라고 했어요. 아래층으로 내려갔더니 아주버님이 집 안으로 뛰어 들어오셨어요. 남편이 아직 2층에 있다고 말씀드리니까 아주버님은 급히 계단으로 올라가셨어요."

"사이가 나빴어도 형제는 형제로군요."

"그러게요. 아주버님이 많이 다치지 않으셨어야 할 텐데……."

"얼굴과 손발에 화상을 조금 입었지만 크게 걱정할 정도는 아니라고 구급대원이 얘기해줬습니다."

"그런가요? 다행이네요."

가쓰코 씨는 그제야 마음이 놓이는지 고개를 끄덕였다.

그녀가 자리를 뜬 뒤에 내가 말했다.

"도대체 어떻게 된 거야? 말도 안 되는 일이잖아. 아무리 일란성 쌍둥이라지만 집까지 함께 타버리다니."

"자연발화는 아니야. 분명해."

"그럼 방화란 말이야?"

"그래. 문제는 누가 그랬냐는 거지."

"무슨 뜻이야?"

"이건 사전에 치밀하게 계획된 범행이야. 낮에는 똑같은 창문이 깨지고 밤에는 두 집이 동시에 불타고……. 결과만 놓고 보면 한 사람은 죽고 한 사람은 살아남았지만 말이야."

"그렇다면 너는 겐이치로가 동생을 죽였다고 생각하는 거야?"

"그 반대일지도 모르지."

"뭐라고?"

"구조된 형 겐이치로는 얼굴에 화상을 입었어. 동생 겐지로가 화재 현장에서 형을 죽이고 옷을 갈아입었다면 그 반대일 수도 있지."

"설마!"

"얼굴에 붕대를 감았잖아. 우리가 어떻게 알아보겠어?"

"말도 안 돼. 그 둘을 아는 사람은 상당히 많아. 그들을 전부 속인다는 게 가당키나 한가?"

"음. 그럴지도 모르겠네."

유코는 생각에 잠겼다.

날씨가 점점 쌀쌀해졌다. 이윽고 날이 밝아오기 시작했다.

4

"대단하군."

구사일생으로 목숨을 건진 나의 대모험에 대해 혼마 경정에게 보고를 했다. 그러나 혼마 경정이 건넨 위로의 말은 이 한마디뿐이었다. 그것도 서류를 훑어보느라 고개를 들지도 않았다.

내가 생강이라도 씹은 표정으로 책상으로 돌아오자 하라다가 히죽거리며 다가왔다.

"우노 경감님, 어젯밤에 엄청난 일을 겪으셨다면서요?"

차라리 이 녀석이 훨씬 더 인간미가 있다.

"죽을 뻔했지."

"맛은 어땠어요?"

"맛이라니 무슨 맛?"

"비엔나였어요? 프랑크푸르트였어요? 그 녀석이 만들어준 거 말이에요."

"그게 도대체 무슨 소리야?"

"우연히 들었어요. 소시지 만드는 곳에서 불이 났다고요."

"소시지쌍생아의 일본어 발음과 유사하다? 아, 쌍둥이 말이군."

"거기서 조금은 드셨겠죠? 맛있었어요?"

이런 어처구니없는 오해에 대해서는 해명하고 싶지도 않다. 그때 전화벨이 울렸다.

"네, 우노입니다. 네? 뭐라고요?"

나는 한숨을 푹 쉬고 수화기를 내려놓았다. 곧 다시 벨이 울렸다.

"네, 여보세요."

"아저씨, 나야."

이번에는 유코였다.

"생명의 은인한테 할 얘기 없으세요?"

"마침 전화 잘 했어. 방금 연락이 왔는데 어제 화재 현장에서 시체가 나왔대. 물론 너무 타버려서 신원 파악은 힘든 상태라는군. 하지만 검시 결과 불에 타서 죽은 게 아닌 걸로 밝혀졌어."

"그래? 그럼 사인이 뭐래?"

"가슴에 나이프로 찔린 자국이 있다는군. 현장 부근에서 나이프도 발견되었고."

나는 한숨을 쉬었다.

"네 예상이 맞았어. 이건 살인 사건이야."

우리가 겐이치로의 병실에 들어섰을 때 뜻밖의 얼굴을 마주쳤다.

"어머······."

"부인, 괜찮으신가요?"

가쓰코 씨가 의자에서 일어났다. 이제는 미망인이라고 불러야 하나.

"어제는 고생 많으셨습니다."

"아닙니다. 남편분 일은 뭐라 위로의 말씀을 드려야 할지 모르겠습니다."

"어느 정도 각오는 하고 있었습니다."

"네? 알고 계셨어요?"

"남편 사인이 화재 때문이 아니라는 이야기를 들었습니다. 그래서 이렇게 문병 온 김에 아주버님의 말씀을 들어보려고요. 아주버님 상태가 좋지는 않지만……."

침대에 누운 겐이치로가 나를 보고 붕대를 감은 손을 살짝 들어올렸다.

"좀 어떠세요? 몸 상태는?"

"별것 아니오. 조금 타격을 입었을 뿐이오."

겐이치로는 힘겨운 목소리로 대답했다. 머리에서 턱까지 얼굴 전체에 붕대가 둘둘 감겨 있었다. 겨우 두 눈과 코끝이 보일 뿐이었다. 이 사람이 정말 겐이치로일까? 유코의 말처럼 동생이 형 행세를 한다는 게 가능할까?

"어제 일에 대해서 물어보고 싶은 게 있습니다. 동생의 가슴에 칼이 꽂혀 있었습니다. 당신이 불 속에 뛰어들고 나서 무슨 일이 있었죠?"

"나도 잘 모르겠소."

그는 힘에 겨워 느릿느릿 대답했다.

"침실로 들어갔을 때 동생 녀석은 칼을 손에 들고 꼿꼿이 서 있었소. 뭐 하는 거냐고 묻자 내버려두라고 소리를 지르더군. 지금 당장 나가야 한다고 말했지만 동생은 자기가 저지른 일이라면서……."

"자기가 저질렀다고요?"

"그렇소. 그렇게 말했소. 그리고 내가 다가서자 나이프로 자기 가슴을……."

"자살했다는 말입니까?"

"그렇소. 바로 내 눈 앞에서 말이오. 나는 잠시 넋을 잃고 멍하니 서 있기만 했소. 정신을 차리고 나자 이미 불길이 번져서 도망갈 곳을 찾지 못하겠더군. 그래서 창문으로 뛰어내렸소. 그러고는 정신을 잃었고 의식이 돌아오니 이 침대에 누워 있더군. 이게 전부요."

"그렇군요. 동생분은 왜 자살을……."

"그건 제가 말씀드릴게요."

가쓰코 씨는 낮지만 단호한 목소리로 말했다.

"남편은 형님 댁에 불을 질렀어요."

"남편분이 그렇게 말씀하셨나요?"

"어제 남편이 좀 이상했어요. 저는 무슨 일을 벌일 거라 눈치챘습니다. 남들이 보기에는 평소와 다름없었겠지만 저는 분명히 느꼈거든요. 요즘 남편이 무언가 생각에 골똘히 잠기곤 해서 특히 신경이 쓰였습니다. 그래서 형사님께 형님 댁에 하룻밤 계시기를 부탁드리려고 그런 방법으로 메모를 전했던 거예요."

가쓰코 씨는 조금 간격을 두고 말을 이어갔다.

"어젯밤 방에서 깜박 졸다가 문득 잠에서 깨어났는데 그때 마침 남편이 들어왔어요. 얼굴이 심상치 않았지요. 파랗게 질린 채 눈에는 핏발이 선명했어요. 왜 그러냐고 했더니 돌이키지 못할 일을 저

질렀다고 하면서 머리를 감싸더군요. 무슨 일인지 재차 물어보고 나서야 남편이 아주버님 댁에 불을 지르고 왔다는 걸 알게 되었어요. 놀란 저는 아래층으로 내려가 밖으로 뛰어나갔죠. 멀리서 불길이 타오르고 있었어요. 소방서에 연락하려고 집 안으로 돌아오니 남편은 거실에서 나와 있었고 이미 거실에는 불이 번지고 있었어요. 남편은 쌍둥이 집이니 한쪽이 타면 다른 한쪽도 타야 한다면서 2층으로 올라갔어요. 남편을 큰 소리로 여러 번 불렀지만 들은 척도 안 했어요. 불길은 점점 거세게 타올랐고 저는 남편을 데리고 나가려고 2층으로 올라갔어요. 하지만 남편은 침실에서 저를 쫓아내고 문을 막더니 열지 못하게 했어요. 하는 수 없이 도움을 청하러 아래층으로 내려갔지요. 그때 아주버님과 마주친 거예요."

"나를 증오하는 마음이 커져 우리 집에 불을 질렀지만 막상 저지르고 보니 겁이 난 게지. 자신이 돌이킬 수 없는 일을 저질렀다는 걸 깨닫고 말이야."

젠이치로는 자신에게 읊조리듯 말했다.

"그 녀석은 원래 나약했소. 화재를 일으킨 충격으로 일시적인 정신착란을 일으켰는지도 모르오."

"그렇군요."

나는 고개를 끄덕였다.

"부인, 남편분이 나이프를 소지하고 있었다는 사실은 알고 계셨나요?"

"남편이 학창 시절에 등산을 했다고 들었어요. 등산용 칼은 가지고 있었을 거예요."

"알겠습니다. 일단 지금 하신 말씀을 진술서에 기입해두겠습니다. 그럼 겐이치로 씨, 몸조리 잘하십시오."

"고맙소. 그리고 부인, 어제는 고생이 많았습니다."

겐이치로는 병실 입구에 서 있던 유코에게도 인사를 건넸다.

"수상한 점은 별로 안 보이던데?"

나는 병원을 나오면서 말했다.

"너한테 분명히 '부인'이라고 불렀어. 겐이치로가 틀림없어."

"그런가?"

유코는 어딘지 개운치 않은 표정이었다.

"어떤 점이 신경 쓰이는데?"

"창문."

"창문? 아, 그때 깨졌던 창문 말이군."

"응. 이상하지 않아? 왜 하필이면 산탄총으로 쏘았을까?"

"모르지."

유코가 초조한 표정으로 고개를 저었다.

"분명 뭔가 있는데. 아저씨는 짚이는 거 없어?"

"너무 깊이 생각하지 마. 항상 해괴한 사건만 일어나는 건 아니니까. 현실 세계에선 평범한 사건이 훨씬 많은 법이야. 유코, 너 같은 명탐정을 필요로 하는 사건은 그리 많지 않다고. 이봐, 뭐 하는 거야?"

유코가 내 팔을 잡아끌고 어디론가 가려고 했다.

"아저씨, 우리 다시 한 번 가보자."

"어딜? 화재 현장 말이야? 왜?"

"조사하고 싶은 게 있어. 어서 경찰차 한 대만 불러줘."

"그게 그리 쉬운 일이 아니야. 경찰차가 무슨 택시인 줄 알아?"

나는 한숨을 내쉬고는 경시청에 전화를 걸었다. 자기가 무슨 경시청장이나 되는 줄 아나 보다.

"10분."

유코는 손목시계를 보고 말했다.

"아무리 천천히 달린다 해도 차로 10분을 달리면 한 집에서 다른 한 집에 도착해. 그런데 어제는 15분 이상 걸렸어."

"좀 더 멀리 돌아갔나 보지."

"이유가 뭘까? 분명히 무슨 이유가 있을 텐데."

나는 형 겐이치로 집 화재 현장 앞에 경찰차를 세웠다. 유코는 평소대로 간편한 바지 차림으로 불탄 자리를 어슬렁거리며 돌아다녔다.

그때 한 발의 총성이 울려 퍼졌다. 우리는 소스라치게 놀라 주위를 둘러보았다. 가죽점퍼를 입은 한 남자가 도망치고 있었다.

"서라!"

고함을 치며 쫓아가자 그는 의외로 순순히 멈추어 섰다. 꽤 어려 보이는 남자인데 이 근처에 사는 듯했다. 아무도 없다고 생각하고 시험 삼아 총을 쏜 모양이다. 내가 경찰인 걸 알고 싹싹 빌었다.

"이런 곳에서 사격 연습을 하다니 정신이 어떻게 된 거 아냐?"

나는 큰 소리로 꾸짖었다.

"죄송합니다."

"저기, 잠깐만."

유코가 끼어들었다.

"당신, 어제 실수로 어떤 집 창문을 쏴서 깨뜨리지 않았어요?"

"아, 그게 사실은…… 맞습니다. 제가 그랬습니다."

그가 머리를 긁적이며 입을 열었다. 내가 다시 한 번 꾸짖으려 하자 유코가 말렸다.

"그래서 어느 쪽 집을 쐈어요? 이 집이었나요? 아니면 어제 타버린 또 다른 집?"

"이 집입니다. 혹시 다친 사람이 있나요?"

"이 집인가요? 틀림없는 거죠?"

"네. 확실합니다."

나는 젊은이의 총을 압수하고 경찰서에 출두하라고 말했다.

"이상하지 않아? 여기는 형 겐이치로의 집이라고. 동생 집 창문이 먼저 깨졌어. 그러면 나중에 깨진 쪽이 사고였다는 말인데."

"잠깐만. 이제 좀 어떻게 된 건지 알 것 같아. 그랬군. 유리 창문이 깨진 것이 형제 중 누군가가 일부러 그런 게 아니라 사고였다면……."

유코의 눈이 반짝였다. 왠지 불길한 예감이 들었다. 이렇게 되면 좋은 일은 아닌데.

"아저씨가 해줘야 할 일이 있어."

아니나 다를까 유코가 또다시 명탐정의 기지를 발휘하기 시작했다.

가쓰코는 침대에 누워 있는 겐이치로에게 말을 건넸다.

"몸은 좀 어떠세요?"

"음……."

붕대 안에서 신음 소리가 들렸다. 가쓰코는 가져온 봉투에서 과일을 꺼내 테이블 위에 놓으며 말했다.

"잘 넘어갔어요. 경찰도 아무 의심도 하지 않는 듯해요. 우린 이제 같이 사는 거예요."

"음……."

"임시로 고용했던 사람들 보수 문제는 제가 알아서 처리할게요. 괜찮죠?"

"음……."

"너무 적어도 또 많아도 곤란하겠죠? 나중에 딴소리하면 안 될 테니까요. 조금 엉뚱한 계획이었지만 멋지게 속였어요."

가쓰코의 얼굴에 회심의 미소가 번졌다.

"당신이 위험에 처하긴 했었지만 평생 동생한테 의견을 물으면서 살아갈 걸 생각하면……. 앞으로는 우리 둘이서 원하는 대로 살도록 해요."

"교도소를 나온 다음에 말이지."

가쓰코가 큰 소리로 비명을 질렀다. 붕대를 감은 남자가 침대에서 일어났다.

"다, 당신…… 누구야?"

"부인."

나는 얼굴에 감은 붕대를 풀면서 말했다.

"겐이치로 씨는 병실을 옮겼습니다."

"형제간의 다툼일 뿐인데 경찰에 끈질기게 도움을 청했다. 먼저이 부분이 수상했지."

유코는 스낵바에서 점심으로 스파게티를 한 접시 깨끗이 비우고는 말했다.

"일반적으로는 어떻게든 경찰이 끼어드는 걸 피하려고 하는데 말이지. 도대체 경찰을 끌어들인 목적이 뭘까. 그들이 필요했던 건 누구나 납득할 만한 목격자였어. 증인 말이야. 경찰만큼 확실한 증인은 없으니까."

"그렇겠군."

"살아남은 쪽은 틀림없이 형인 겐이치로였어. 원래 이 사건은 겐이치로와 가쓰코가 공모해서 겐지로를 죽이려 한 음모였지. 회사 사정에 밝은 사람의 이야기를 듣고 보니 재밌던데. 형 겐이치로는 여러 직함을 떠맡았지만 실제로 수완이 뛰어난 건 동생이었다지 뭐야. 동생에겐 아버지한테 물려받은 장사 수완이 있었나 봐. 겐이치로는 언제나 동생의 의견을 묻고 회사를 운영했다고 해. 동생은 명예나 부에 전혀 흥미가 없어서 직함도 없이 자유롭게 살아왔지. 적자 경영 이야기도 엉터리였어. 오일쇼크 때는 일시적으로는 위험했지만 지금은 회복되었다더군. 아무튼 형은 동생한테 질질 끌려다니는 상황을 견디기 힘들어했어. 겐지로의 아내 가쓰코도 겐이치로의 호화로운 생활에 끌린 거겠지. 그래서 둘이 함께 동생을 죽이기로 계획한 거야."

"어떻게 그런 추리를 한 거지? 난 아직도 어떻게 된 건지 전혀 이해가 안 되는데?"

"형제가 일란성 쌍둥이였다는 사실, 그리고 바로 가까이에 똑같이 생긴 집을 가지고 있다는 사실에 주목했어. 이 두 가지에서 떠올린 계획이었지. 쉽게 말하면 형제의 싸움 따위 애당초 있지도 않았어."

"그럼 동생이 한 말은 뭐야?"

"우리는 겐지로를 한 번도 만난 적이 없어."

나는 어리둥절했다.

"뭐라고?"

"아직도 모르겠어? 전부 형 겐이치로 혼자서 꾸민 연극이었어. 전화를 걸었던 것도, 호텔에 나타난 것도 겐이치로였어. 생각해봐. 우리는 그 형제를 동시에 만난 적은 한 번도 없잖아. 슬쩍 가발을 붙이고 얼굴에 약간 분장을 하면 쌍둥이 동생으로 바뀌는 거야. 그러고는 형제간에 분쟁이 있는 것처럼 꾸며서 우리를 속였지."

"그럼 그 집은……."

"집도 마찬가지야."

"무슨 말이야? 자세히 말해봐."

"우리가 처음 찾아갔던 겐지로의 집도, 겐이치로가 보낸 차를 타고 갔던 겐이치로의 집도 모두 겐이치로의 집이었어."

나는 어안이 벙벙했다.

"농담이지? 현관문도 장식품도……."

"사실이야. 아무리 쌍둥이 집이라지만 그렇게 똑같다니 너무 이상하잖아. 형 겐이치로는 먼저 동생 겐지로로 변장하여 우리를 대접했고 그 후 우리를 태운 차는 숲 속을 느릿느릿 천천히 달렸지. 결국 우리는 같은 집으로 돌아왔어. 왜 15분이나 넘는 시간이 걸렸는지 알아? 방 장식과 현관문을 바꿔야 했으니까. 최소한 시간이 15분 정도는 필요했을 거야."

"믿을 수가 없군!"

"그리고 이번에는 형 겐이치로의 집이라고 하고 우리한테 식사와 잠자리를 제공한 거야. 겐이치로는 한밤중에 먼저 동생의 집에 가서 동생을 죽이고 집에 불을 질렀어. 돌아와서 자신의 집에도 불을 질렀고. 그러고는 우리 앞에서 일부러 보란 듯이 동생 집으로 달려갔고 자살 이야기를 꾸며냈어. 증인은 다름 아닌 아저씨와 내가 된 거지. 동생네 집이 형 집과 똑같지 않아도 양쪽 전부 타버리면 그 사실을 알 수 없게 되니까."

"우리를 우습게 본거군."

"겐이치로의 집의 고용인도 모두 그들과 한패였을 거야. 15분

동안 집 모양을 바꾸기 위해서 원래 있던 고용인한테 휴가를 주고 그들을 새로 고용한 거지. 한두 명 정도로 그런 일을 꾸미기는 어렵잖아."

"언제 그런 사실을 눈치챈 거지?"

"그때 깨진 유리 창문 말이야. 그 일이 아무래도 신경이 쓰였거든. 그리고 그 젊은 남자가 실수로 총을 쏜 것은 겐이치로 집의 창문이라고 말했잖아. 그럼 나중에 깨진 창문이 젊은 남자가 실수로 한 짓이라는 건데 아무리 생각해봐도 좀 이상해. 생각해봐. 완전히 똑같은 창문이 사고로 깨진다는 게 우연치고는 너무 절묘해. 그래서 젊은 남자가 일으킨 사고는 첫 번째로 깨진 창문이 틀림없을 거라고 생각했어. 결국 겐지로의 집이 실제로는 겐이치로의 집이었다는 사실을 알게 된 거지."

"그런데 왜 창문이 깨진 사고는 두 번이나 일어난 거지?"

"우리가 점심을 먹고 있는 사이에 고용인이 숨어서 처음 깨진 창문을 정리했을 거야. 그리고 차로 겐이치로의 집으로 이동하는 15분 동안에 새 유리로 갈아 끼웠겠지. 유리를 깨진 채로 두었다면 두 집이 똑같은 집이라는 사실이 들통 날 테니까. 하지만 새로 끼운 유리창은 자세히 보면 알 수 있어. 다른 유리창과 비교해보면 확연하게 깨끗하거든. 그래서 겐이치로가 고용인을 시켜서 일부러 그 유리창을 쏘게 한 거야."

"그렇군. 완전히 속아 넘어갔군."

"치밀한 계획이었어. 동생 겐지로는 자신이 살해당하리라고는 꿈에도 몰랐을 거야. 가쓰코와 겐이치로가 처음부터 모든 걸 모의했으니 경찰도 둘의 증언을 의심할 여지가 없었겠지. 혹시 겐이치로는 연극배우 출신이 아닌가 몰라. 사건의 시나리오나 1인 2역의 연기를 보면 대단한 솜씨야. 유감스럽게도 내 머리가 좀 더 치밀하지만 말이야."

유코는 신이 난 듯 말했다.

"그럼 이제 경찰서로 돌아갈까? 혼마 경정님한테 보고해야지. 어디서부터 어떻게 설명해야 하나. 도중에 배배 꼬여버렸잖아."

나는 기운이 빠져 걱정스럽게 말했다.

"뭐가 꼬였다는 거야? 단순 명쾌하게 설명했는데……."

"그게 단순하다고?"

"당연하지. 아인슈타인의 상대성이론보다 훨씬 단순하다고."

"거참."

"나는 탐정학, 물리학 이외에 수학에도 강해. 오늘 아저씨가 받을 보너스는 내가 계산해줄게. 오늘 저녁 같이 먹자."

유코는 생글생글 웃으며 말했다.

"응. 그게 말이지…… 저녁에 출장이 있어서."

"뭐라고? 그럼 오늘 저녁에 못 만나는 거야?"

"이 점심은 내가 살 테니까 제발 오늘은 잠 좀 자자!"

나는 이 말을 남기고 무섭게 쏘아보는 유코를 뒤로 한 채 스낵바를 후다닥 뛰쳐나왔다.

제3장

사자는 잠들었다

유령 후보생

1

"이 근방은 원래 산이었다고 들었는데."

나는 주변을 두리번거리며 말했다. 이렇게 주택이 줄지어 있는데 원래 산이었다는 게 믿어지지 않았다.

"유코, 여기가 분명 겐바이 산이었다는 거지?"

유코는 진지한 표정으로 대답했다.

"응. 개발을 해서 산은 없어졌지만 작은 시냇물이랑 잡목림은 하수천, 전주림이란 이름으로 아직 남아 있다고 하네."

간선 열차로 갈아타고도 약 30분, 도심에서 두 시간 정도 걸리는 먼 이곳에도 택지가 조성되었다. 이 지역에 사는 애처로운 샐러리맨은 날이 밝기도 전에 죽어라 자전거 페달을 밟으며 출근길에 나서겠지. 주택단지에서 역은 너무 멀고 버스도 없으니. 쯧쯧, 별이

총총한 새벽에 자전거를 타야 한다니 너무 안쓰러운걸.

"우리도 이 근처에 신혼집을 꾸밀까?"

나는 유코의 말에 가슴이 두근거렸다.

"그 전에 결혼부터 해야지."

"왜? 동거만 해도 되지 않아? 수사 1과 형사는 동거하면 안 된다는 규정이라도 있어?"

"아니, 그런 건 없지."

"언젠가 아저씨의 소원이 이루어지겠지? 그때까지 기다려."

유코는 얄밉게 웃으며 말했다. 거참, 언제나 이렇다니까! 진심인가 싶다가도 금세 딴소리를 한다.

내 나이도 이젠 마흔이다. 반면 그녀는 아직 꽃다운 여대생이다. 앞으로 4, 5년쯤 지나면 나는 피곤에 찌든 중년이 될 텐데……

늙은이는 싫어. 유코는 이렇게 말하며 나를 떠나겠지.

"무슨 생각해?"

유코의 질문에 당황한 나는 고개를 흔들어 잡생각을 털어내었다.

"아무것도 아냐."

"아저씨, 피곤하지 않아? 잠깐 쉴까?"

"무슨 소리야! 아직 10분밖에 걷지 않았잖아!"

나는 공연히 버럭 소리를 질렀다.

"나이에 비해 체력이 좋네?"

유코가 아무렇지도 않게 던진 말은 내 가슴을 후벼 팠지만 정작 본인은 전혀 신경을 쓰지 않는 모습이다.

"슬슬 나타날 때가 됐는데."

이른 봄인데도 차가운 바람 한 점 불지 않는 화창한 휴일이다. 유코와 나는 산을 깎아 만든 자리에 들어선 신흥 주택가 안을 걷고 있었다. 그늘 하나 없는 거리를 걷다 보니 웃옷을 벗고 싶을 정도로 점점 더워졌다. 유코는 봄 느낌이 완연한 옅은 핑크색 스웨터와 청바지를 입고 조금 큰 숄더백을 들고 있었다.

"이 길이 맞는 듯한데……. 아, 찾았다! 저기 보이는 빨간 지붕 집이야."

유코가 가리킨 쪽을 보니 잡목림이 펼쳐진 곳 부근에 한 저택이 보였다.

"굉장히 큰 집이네? 터도 넓고."

"응. 이 일대가 전부 이 집주인 소유래."

"그래? 집주인은 또 대기업 임원이라며? 그런 데다 이렇게 넓은 땅을 가지고 있는 거야? 난 둘 중에 하나라도 해봤으면 좋겠네."

"아저씨도 범죄에 관한 한 임원이나 마찬가지잖아."

유코가 웃으며 말했다.

얼마 전 유코가 경비 아르바이트 자리를 제안했을 때 나는 단칼에 거절했다. 비번일지라도 경찰이 그 시간에 다른 일을 하는 것은 경우에 맞지 않다고 생각했기 때문이다. 하지만 곰곰이 따지고 보면 못 할 이유도 없었다. 결국 나는 집주인이 가족과 여행을 가는 동안 빈집을 지키기만 하면 된다는 경비 아르바이트 제안을 받아들였다.

우리는 사메지마 고이치로의 집으로 향했다. 유코가 가정교사 아르바이트를 하고 있는 중학생 노리히로의 집이다. 집이 너무 멀기에 도심의 사립 중학교에 다니는 노리히로가 유코의 대학교로 찾아와 과외를 받는다고 했다. 때문에 유코도 이 집에 방문하는 것은 처음이라고 한다.

"경시청에서 가장 유능한 형사라고 얘기해놨으니까 너무 실실거리지 마."

"뭐야? 내가 언제 실실거렸다고 그래?"

나는 기가 막혔다.

"항상 그러잖아."

유코의 단호한 말투에 나는 더욱 기가 찼다. 우리는 빨간 지붕을 향해 계속 걸었다.

"다 왔다. 가까이서 보니 더 엄청나네."

유코는 감탄을 하며 집을 바라보았다.

도심에서는 구경하기 힘든 대저택이다. 높은 담장이 저택을 에워싸고 있다. 그 안쪽으로 거대한 집이 보였다. 내가 살고 있는 관사의 10제곱미터짜리 방이 저 집 화장실 크기는 되려나.

"담이 상당히 높네."

"아저씨, 주위를 봐. 온통 잡목림이야. 방범 때문에 담장이 저리 높은가 봐."

우리는 으리으리한 대문 앞에서 초인종을 눌렀다.

"누구세요?"

옥구슬 굴러가는 듯한 상냥한 여자 목소리가 흘러나왔다.

"나가이 유코입니다."

"아, 네. 기다리고 있었어요. 문을 열어드릴게요."

댐의 수문 같은 튼튼한 철판의 대문 위로 날카로운 화살 모양의 쇠창살이 달려 있었다. 마치 비밀로 가득 찬 요새에 발을 들여놓는 기분이었다. 이만큼 삼엄하게 경비를 한다면 노리히로의 가족 모두가 집을 비워도 별 문제는 없을 듯했다.

문이 열리기를 기다는데 등 뒤의 잡목림 안쪽에서 엔진 돌아가는 소리와 금속 마찰음이 들려왔다. 돌아보니 불도저가 나무를 뿌리째 뽑아내고 포클레인이 땅을 파내는가 하면 한쪽에선 롤러가 땅을 평평하게 다지고 있었다. 개발의 물결이 이 높은 지대까지 밀어닥친 것이다.

모터 소리가 들리는 듯하더니 끼익하는 소리와 함께 천천히 대문이 열렸다.

"정말 멋진 집이군요!"

나는 작은 맨션 크기와 맞먹는 널찍한 응접실에서 홍차를 마시면서 말했다.

"이렇게 넓은 집은 청소나 관리가 힘들겠습니다."

에이코 씨는 미소를 지었다. 그녀는 인터폰에서 흘러나왔던 목소리보다 더 맑은 목소리로 답했다.

"언제나 두 명 정도 사람을 고용하고 있지만 자주 그만둬서요. 지금은 일하는 사람이 아무도 없는 상태라 이렇게 폐를 끼치게 되었습니다. 정말 죄송합니다."

"아닙니다. 어려운 일도 아닌데요. 도움이 되어드린다면야…….."

이미 외출할 준비를 마쳤는지 보라색 정장으로 멋을 낸 에이코 씨는 청초한 느낌의 미인이었지만 어딘지 모르게 쓸쓸한 인상을 주었다.

"여행은 어디로 가시나요?"

유코가 물었다.

"미나미이즈에 별장이 있어요. 남편이 너무 바빠서 사용한 적이 거의 없지만 모처럼 사흘간 휴가를 얻게 되어 가족 여행을 가기로 했죠."

"좋으시겠어요. 노리히로도 좋아하겠네요."

유코가 말했다.

"언제 출발하십니까?"

내 질문에 에이코 씨가 문 쪽을 바라보았다.

"차가 올 때가 되었는데……. 왜 이렇게 늦는지 모르겠네요."

"그럼 앞으로 사흘간 집을 봐드리면 되는 거죠? 뭐 주의할 점이라도 있습니까?"

"아, 특별히 없어요. 그냥 편히 계시면 됩니다. 만약 손님이 찾아오거나 전화가 걸려오면 메모해두었다가 말씀해주세요. 매일 밤 제가 여기로 전화할 테니 그때 부탁드릴게요."

"알겠습니다. 그 외에 해야 할 일이 있다면 말씀해주세요. 꽃에

물을 준다든가."

"아, 중요한 부탁을 드린다는 걸 깜빡했네요. 포치한테 먹이를 주셔야 해요."

"노리히로가 말한 그 포치군요! 포치가 세계 최고의 경비견이라고 자랑이 이만저만이 아니었어요."

유코가 말했다.

"포치를 보여드릴 테니 이리 오시죠."

에이코 씨가 자리에서 일어나 응접실 밖으로 나갔다. 우리도 그녀의 뒤를 따라 나갔다. 긴 복도는 응접실에서 봤던 드넓은 잔디 정원의 반대편에 있다.

"포치는 마당에 있지 않나요?"

"네. 뒤뜰에 있어요. 뒤뜰은 포치 전용이나 마찬가지예요."

"네? 포치 전용이요?"

나는 어이가 없었다. 개 전용 정원이라니! 정원을 갖고 싶어도 갖지 못하는 사람이 얼마나 많은데…….

복도에서 이어진 좁은 통로로 들어가 안쪽에 있는 계단을 내려가니 커다란 냉장고가 세 대나 있는 작은 방이 나왔다.

"냉장고 안에 1회분씩 나누어놓은 먹이가 있어요. 정해진 시간에 주시면 됩니다."

"알겠습니다."

"뒤뜰로 나갈 때는 이쪽으로 가서야 해요."

에이코 씨가 방 한쪽에 있는 아주 단단해 보이는 강철 문을 열자

드디어 '포치의 정원'이 나왔다.

"세상에! 여기가 포치가 있는 정원입니까?"

나는 엉겁결에 소리쳤다. 아까 본 잔디 정원도 넓었지만 이곳 뒤뜰도 상당히 넓었다. 여러 종의 나무가 뒤엉켜 있어 사람의 손이 타지 않은 자연 그대로의 모습을 보는 듯했다. 포치의 운동을 위해 설치한 듯한 통나무 받침과 계단 모양의 구조물, 바닥에 깔려 있는 폐타이어가 이곳이 인공적으로 조성된 정원임을 상기시켜 주었다.

"포치를 위해서 이렇게 꾸몄어요."

에이코 씨는 온화한 표정으로 말했다.

"그나저나 포치가 어디 갔지? 포치! 포치!"

그때 어두운 수풀 속에서 누군가 얼굴을 내밀었다. 포치는 아니었다.

"앗! 선생님 오셨어요?"

"노리히로! 아직도 여기 있었어? 빨리 준비해야지. 이제 출발해야 해."

에이코 씨가 말했다.

노리히로는 가냘픈 몸매에 표정이 섬세했고 엄마를 닮은 미소년이었다. 요즘 어린애들은 키가 어른보다 크고 얼굴은 어려 보여서 어딘가 균형이 맞지 않는다.

"노리히로!"

유코가 반가워했다.

"너희 집에 드디어 와보네."

"선생님 오셨어요? 이분이 삼촌이신가요?"

상황에 따라 유코와 나는 친척 관계가 되기도 한다. 연인이라 밝혀도 요즘 중학생들은 놀라지도 않겠지만 일하러 온 것이니만큼 집주인 입장에서는 탐탁지 않게 여길지도 모르니 말이다.

"그래. 우노 경감님이셔. 우는 아이도 멈추게 한다는 경시청 수사 1과 소속 공포의 경감님."

"와, 멋있다! 그런데……."

노리히로는 나와 유코를 번갈아 보고 말했다.

"전혀 닮지 않으셨는데요?"

어쩐지 좋은 말 같지는 않다.

"노리히로, 포치는 어디 있니? 선생님께 소개해드려야지."

에이코 씨가 말했다.

"이 근처에 있을 거예요. 모르는 사람이 찾아오면 그 녀석은 수줍어해요. 포치! 포치!"

노리히로는 숲을 향해 큰 소리로 외쳤다. 이윽고 무성한 풀숲이 흔들리더니 포치가 나타났다.

"도대체 어쩔 셈이야?"

"이제 와서 거절할 순 없잖아!"

내 물음에 유코는 같은 대답만 되풀이했다.

"그래도 이건 말도 안 돼! 그것도 사흘씩이나!"

"포치가 사자라는 사실은 나도 몰랐어. 그렇다고 안 한다고 할 수는 없잖아."

응접실에 둘만 남게 된 우리는 입을 다문 채 한숨을 쉬고 망연자실해 있었다.

풀숲의 어둠 속에서 포치가 모습을 드러냈을 때, 우리 둘 다 그 자리에 얼어붙어 버렸다. 어슬렁어슬렁 나타난 포치는 개가 아니었다. 포치는 풍성한 갈기를 가진 사자였다.

"그 덩치에 부끄러움 타기는……."

에이코 씨가 미소 지으며 말했다.

"포치, 이리 온."

사자한테 포치라니? 개한테나 붙여주는 이름을 사자에게 붙이다니. 예전에 일본에 살았던 어느 외국인은 기르던 개에게 미케삼색털라는 이름을 붙여주었다고 한다. 애완동물에게 많이들 붙이는 이름이라는 말을 듣고 그랬다지만, 아무리 그래도 그 개는 세인트버나드였다. 보통 작은 고양이에게 붙이는 그런 귀여운 이름을 갖기에는 너무 크고 우락부락하다. 그래도 미케라는 그 세인트버나드는 포치라는 사자에 비하면 훨씬 낫다. 포치는 낯가림 때문인지 에이코 씨가 불러도 좀처럼 가까이 오려고 하지 않았다. 우리로서는 고마운 일이긴 했다.

"포치, 괜찮아! 이리 온!"

노리히로가 말을 걸자 포치가 거대한 갈기를 휘날리며 달려왔다.

"포치는 노리히로를 아주 좋아해요. 이 아이의 말은 잘 따르죠."

에이코 씨의 말을 듣고 나는 딱딱하게 굳은 얼굴에 억지로 미소를 지었다. 노리히로는 포치의 목에…… 아니, 도무지 적응이 안 된다. 사자라고 하자. 노리히로는 사자의 목에 팔을 두르고 손으로 갈기를 마구 흐트러뜨렸다.

"포치, 선생님과 경감님께 인사드려야지. 포치는 아주 얌전해요. 무서워하지 마세요."

노리히로가 유코에게 미소 띤 얼굴로 말했다. 그러고는 사자의 목덜미를 탁탁 두드렸다. 사자는 느릿느릿 우리 쪽으로 다가왔다.

동물원에서 실물을 본 적이 있지만 이렇게 아주 가까이에서 보는 건 태어나서 처음이다. 길들여졌다지만 사자가 뿜어내는 위압감은 상상 그 이상이었다.

"선생님, 손 좀 줘보세요."

"뭐? 손?"

유코의 얼굴이 창백해졌다. '나는 가정교사다!'라는 의식이 그녀를 지탱한 걸까. 잠시 후 유코는 킹콩에게 제물로 바쳐진 미녀처럼 비장한 표정으로 천천히 한 손을 내밀었다. 사자는 앞발을 들더니 유코의 손에 얹고는 그르르, 하고 소리를 냈다. 유코는 그 무게 때문에 뒤로 넘어질 뻔했다. 목구멍 안쪽에서부터 울려 나오는 사자의 울음소리에 내 심장은 미친 듯이 방망이질 쳤다.

"인사하는 거예요."

"아, 그렇구나……. 아, 안녕?"

유코는 포치를 향해 꾸벅 머리를 숙이고 바로 손을 뺐다. 노리히로가 사자의 코를 어루만지며 말했다.

"정말 귀엽죠?"

응접실 문이 열리고 몸집이 큰 불그스름한 얼굴의 남자가 안으로 들어왔다.

"아, 선생님이십니까? 제 아들 녀석 때문에 수고 많으십니다."

탁한 목소리의 남자는 동네 아저씨 같은 인상이었다. 하얀 양복을 말끔하게 차려입었지만 안타깝게도 전혀 어울리지 않았다. 대기업 임원이라든가 대지주라기보단 노동자나 농노에 더 가까워 보였다. 기품 있는 에이코 씨와는 전혀 어울리지 않는 타입이다.

"빈집을 지켜달라는 부탁을 해서 미안합니다. 별장을 세 채나 가지고 있지만 일이 바빠서 정작 구경하기도 힘들거든요. 그런데 갑자기 사흘 정도 여유가 생겨 쉬러 가기로 결정했습니다. 막상 떠나려니 이 집을 비우기가 썩 내키지 않더군요. 모쪼록 잘 부탁드립니다. 이분이 숙부님이시군요? 경찰관이시라고 들었습니다. 안심이 되는군요. 하하하."

그때였다. 응접실 문이 열리면서 에이코 씨가 얼굴을 내밀었다.

"여보, 차가 도착했어요."

"응, 그래? 곧 가지. 그럼 잘 부탁합니다!"

그는 쉬지 않고 떠들어대고는 곧 자리를 떠났다. 나와 유코는 현관까지 가족을 배웅했다. 현관에는 기사가 딸린 승용차가 대기하고 있었다. 이 부자 양반은 운전을 할 줄 모르는 걸까, 아니면 부자는 직접 핸들을 잡으면 안 된다고 생각하는 걸까. 차는 돈 냄새가 풀풀

풍기는 매우 커다란 외제 차였다. 아마도 임대한 모양이다. 저 정도 크기면 포치도 데려갈 수 있으련만!

"선생님! 그럼 다녀오겠습니다."

노리히로가 빙긋 웃었다.

"우리 포치를 잘 부탁드려요."

대문 밖으로 미끄러지듯 빠져나가는 승용차를 바라보며 나는 한숨을 쉬었다.

"그 사자한테 우리를 잘 부탁한다고 말해주는 편이 나을 텐데."

"이렇게 된 이상 이제 방법이 없잖아. 집에 들어가요."

현관에 들어가서 원격 버튼을 누르자 대문이 조용히 닫혔다.

"정해진 시간에 생고기를 정원에 던져주는 정도니까 그리 어려운 일은 아니잖아?"

"별일 없으면 좋을 텐데."

거실에는 넓은 융단이 깔려 있고 큼직한 음향 기기가 놓여 있었다. 유코는 기분이 좋은지 FM 라디오방송을 틀어놓고 콧노래로 따라 부르며 홍차를 준비했다.

"마음대로 사용하라고 했으니까 그래야지!"

나도 사자를 만난 충격에서 많이 회복되었다.

"아, 물어볼 게 있었는데 깜박했군."

"뭔데?"

"경비 아르바이트 비용은 어떻게 되는 거야?"

"지금은 그런 생각하지 마."

유코는 융단 위에 앉아 있는 나에게 다가와 자신의 몸을 밀착시키며 입술을 맞췄다.

2

냉장고 안에는 여러 가지 재료가 가득 있었다. 물론 사람들을 위한 냉장고 말이다. 유코는 솜씨를 발휘해 저녁 식사를 준비했다. 그 메뉴의 일부를 소개하자면 장시간 구워진 탓에 바삭바삭해진 스테이크와 이가 부러질 정도로 단단한 감자, 묽은 포타주 수프, 죽에 가까운 밥이다.

"맛있어?"

"응. 아주 맛있어."

차마 맛없다는 말을 할 수는 없었다. 배를 채운다는 생각으로 음식을 입속으로 꾸역꾸역 밀어 넣었다.

"와! 다행이다. 나는 요리를 잘 못하거든. 이 집엔 냉동식품이 별로 없어 난감했는데."

그래도 와인은 아주 맛이 좋았다. 와인은 요리할 필요가 없으니 다행이었다. 넓은 식탁에서 유코와 단둘이 먹는 저녁 식사는 그럭저럭 괜찮았다. 음식은 끔찍했지만 말이다.

한참 식사를 하는데 현관에서 초인종 소리가 들렸다. 유코가 일어섰다.

"누구세요?"

유코가 인터폰으로 묻자 젊은 남자의 목소리가 들려왔다. 나도 자리에서 일어나 유코의 뒤로 다가갔다.

"야마구치라고 합니다."

"무슨 일로 오셨나요?"

"이 집 주인님을 만나 뵙고 싶습니다."

경직된 말투였다.

"중요한 일입니다! 문을 열어주세요!"

"죄송합니다만, 이 집 가족 모두 여행을 떠나셨어요. 아무도 안 계십니다. 저는 경비를 맡은 사람입니다."

"여행이요? 큰일 났네!"

남자는 갑자기 소리를 질렀다. 인터폰을 통해 남자의 말을 함께 듣고 있던 나와 유코는 어리둥절하여 서로를 쳐다보았다.

"어디로 가셨나요? 지금 서두르지 않으면 정말 큰일 납니다!"

"무슨 뜻이죠?"

"에이코 씨가 위험해요! 살해당할지도 모릅니다!"

"뭐라고요?"

"살해당한다고요! 이러고 있을 시간이 없어요!"

유코가 내 얼굴을 쳐다봤다. 나는 고개를 끄덕였다. 유코는 침착하게 인터폰으로 말했다.

"일단 들어오세요."

야마구치라는 남자는 작업복에 장화를 신고 손에는 헬멧을 들고 있었다. 나이는 서른 안팎으로 보였다.

"일단 앉읍시다."

나는 거실로 야마구치를 안내했다.

"당신은 대체 누구요?"

"저는 저 아랫집 공사 감독을 맡고 있는 사람입니다."

"아. 그래서 그런 복장을 하고 있는 건가?"

"네. 현재 공사 마감이 임박해서 몹시 바쁩니다. 밤에도 일하느라……."

"그건 그렇고 에이코 씨가 위험하다니 그건 무슨 말인가?"

"정말입니다! 믿어주세요! 그 녀석이 에이코 씨를 죽이려고 여행을 떠난 거라고요!"

"그 녀석이라니 이 집 주인을 말하는 건가?"

"그렇습니다."

"그렇게 생각하는 이유가 뭔가?"

"저와 에이코 씨는 서로 사랑하는 사이거든요."

"아……."

나는 천천히 고개를 끄덕였다.

"언제부터인가?"

"넉 달 정도 되었습니다."

그는 쑥스러워하지도 않고 서슴없이 대답했다.

"공사 소음 때문에 미리 양해를 구하려고 착공 전에 인사를 드리러 왔었는데 그때 처음 만났습니다."

사실 외모만 놓고 보면 남편보다는 이 남자가 에이코 씨와 훨씬 더 잘 어울렸다.

"그보다 어떻게든 손을 쓰지 않으면 큰일 납니다!"

야마구치는 안절부절못했다.

"기다려보게. 밤에 에이코 씨가 전화를 한다고 했네. 무슨 일인지 말해보게."

나는 내 직업을 밝혔다. 야마구치는 놀라며 눈을 깜박였다.

"정말 형사님이십니까? 그렇다면 안심하고 말씀드리겠습니다. 그 사람, 에이코 씨는 불쌍한 사람이에요. 사메지마는 벼락부자인데, 아주 악랄한 짓을 해서 돈을 긁어모았지요. 에이코 씨의 친정은 중소기업을 경영하고 있었고 사메지마와는 채무 관계가 있었습니다. 회사 경영이 어렵게 되자 기업의 생사를 좌지우지하게 된 사메지마가 에이코 씨와의 결혼을 요구했습니다. 친정을 위해 에이코 씨가 희생한 거지요."

"요즘도 그런 일이 있나? 지금이 어느 시대인데……."

"하지만 사실입니다. 그녀는 난폭한 남편을 참고 견디며 살아왔습니다. 저는 처음엔 단순히 이야기를 들어줄 겸 점심시간에 가끔 이곳을 방문했습니다. 그러는 동안 서로에게 강하게 끌렸고 사랑에 빠졌습니다. 떳떳한 일은 아닙니다만 후회는 없습니다."

"음……."

나는 아무 말 없이 고개만 끄덕일 뿐이었다. 이런 일에 관해서는 설교할 만한 입장이 아니었다. 유코가 옆에서 가만히 이야기를 듣고 있다가 그에게 물었다.

"그런데 그 일이 남편한테 발각되었다는 말씀이군요?"

"네. 우리는 늘 조심했지만 고용인이 의심을 한 모양입니다."

세상에 완전한 비밀은 없다.

"그래서 남편은 뭐라고 했나?"

야마구치는 고개를 저었다.

"그 부분이 걱정입니다. 그녀는 남편이 우리 사이를 눈치챈 게 틀림없다고 말했지만 정작 사메지마는 아무 말도, 어떤 행동도 하지 않았습니다. 그래서 더욱 두렵습니다. 도대체 무슨 생각을 하고 있는 건지 알 수가 있어야지요."

"차라리 호통을 치든지 주먹질을 하는 게 낫다는 거군."

"기회가 온다면 사메지마를 만나 확실히 담판을 지으려고 했습니다."

유코는 다시 대화에 끼어들었다.

"에이코 씨가 살해될 거라고 생각한 이유는 뭐죠?"

"사메지마는 가족 여행을 할 사람이 아닙니다. 갑자기 여행을 가자고 말을 꺼냈다는 건 분명 무언가 속셈이 있는 겁니다."

때마침 전화벨이 울렸다. 유코가 수화기를 들었다.

"여보세요. 아, 에이코 씨."

야마구치가 벌떡 일어났다.

"네, 이쪽은 별일 없습니다. 네, 알겠습니다. 아닙니다."

유코가 수화기를 내려놓았다.

"야마구치 씨, 에이코 씨한테 특별한 일은 없는 것 같은데요? 잘 도착했다고 하시네요."

"그래요?"

그가 마음이 놓였는지 한숨을 내쉬며 말했다.

"다행입니다. 아무래도 걱정이 돼서……."

그는 맥이 풀린 듯 눈을 감았다.

"자네 마음은 알겠지만 크게 걱정할 필요는 없을 거야. 사메지마가 당신들 사이를 눈치채지 못했을지도 모르지 않나. 에이코 씨의 생각이 지나쳤을 수도 있고. 어쨌든 빠른 시일 내에 확실히 매듭을 짓는 편이 좋겠군."

"네, 그 점은 잘 알고 있습니다. 정말 실례가 많았습니다."

야마구치가 돌아가자 유코는 고개를 갸우뚱하며 말했다.

"저 사람 순정파네. 진심으로 에이코 씨한테 반했나 봐."

"또 살인 사건이 일어나나 싶어 철렁했어. 이번 일만큼은 아무런 사고 없이 끝났으면 좋겠는데 말이지."

"그게 무슨 말이야? 또라니?"

"너랑 같이 있으면 꼭 위험한 일이 벌어진단 말이야."

"뭐? 내가 악의 근원이라도 된다는 거야, 뭐야?"

유코가 나를 노려보며 말했다.

"이봐, 유코. 저녁 식사나 마저 하자고."

"그렇게 어물쩍 빠져나가려고 하지 마! 아, 깜빡했다."

"뭘?"

"귀여운 포치한테 먹이 주는 거. 내가 주고 올게."

"아차! 잊으면 안 되지. 배가 고파서 우리를 잡아먹기라도 하면 큰일이니까. 유코, 먹이 줄 때 조심해야 해. 같이 가자."

"괜찮아. 아저씨는 식사나 하세요. 높은 곳에 작은 창문이 있으니까 거기에서 던져주면 돼. 문은 열 필요도 없어."

"그렇군. 그럼 혼자 갈래?"

"응. 빨리 주고 올게."

유코가 나간 뒤 나는 차갑게 식어버린 저녁을 다시 먹기 시작했다. 그러나 사자가 커다란 생고기를 물어뜯는 상상을 하니 도무지 계속 먹고 싶은 기분이 들지 않았다.

"아저씨……."

뒤를 돌아보니 유코가 사색이 되어 서 있었다.

"왜 그래? 무슨 일이야?"

"아무것도 없어."

"없다니 뭐가?"

"먹이 말이야. 냉장고가 텅텅 비어 있어."

"뭐야? 농담하지 마."

나는 자리에서 벌떡 일어났다.

"에이코 씨가 분명히 냉장고 안에……."

"이미 다 확인해봤어. 냉장고에는 고기 한 조각 없어."

나는 유코와 함께 냉장고가 있는 작은 방으로 향했다. 거짓말처럼 냉장고 세 대가 모두 텅 비어 있었다.

"에이코 씨가 여행 준비하느라 바빠서 잊어버린 거겠지?"

"정말 그럴까?"

"무슨 소리야? 아저씨는 다른 이유라도 있다는 거야?"

"어쩌면 사자한테 우리를 먹이 대신 주려고 이곳에 부른 게 아닐까?"

"그런 과대망상이 어디 있어? 어쨌든 난감하네. 이젠 어쩌지?"

"네가 별장에 전화해봐. 어디 다른 곳에 두었을지도 모르잖아. 아니면 늘 고기를 주문하는 정육점이 있을 테니 연락처를 물어보자."

"그럴까?"

몇 번이고 별장에 전화를 걸어보았지만 계속 통화 중이었다. 유코는 단념하고 수화기를 내려놓았다.

"이제 포기해야겠어."

유코는 소파에 털썩 주저앉았다.

"유코, 우리가 사용한 냉장고에 고기가 남아 있지 않나?"

"아주 조금밖에 남지 않았어."

"그거라도 주고 올까?"

"도리어 식욕만 자극해서 위험해지는 거 아니야?"

"그런가? 지금 사러 간다 해도……."

"이 시간에 문 연 곳은 없겠지."

"그러게. 이 근처에는 24시간 영업하는 슈퍼가 없으려나?"

"설마 있겠어?"

"맞다!"

내가 손뼉을 탁 치며 말했다.

"하라다 녀석한테 전화해보자. 그 녀석 집 근처에는 24시 슈퍼가 있을 거야."

"이곳으로 직접 사들고 오라고 하게?"

"그렇지."

나는 재빨리 번호를 누르면서 말했다.

"하라다는 스키야키용 소고기가 필요하다고 하면 남극에라도 날아가서 구해 올 녀석이야."

아니나 다를까 하라다는 흔쾌히 승낙했다.

"얼마나 사가지고 가면 되나요?"

"가게에 있는 고기 전부! 수십 킬로그램이라도 상관없어!"

"네? 도대체 무슨 일입니까?"

"별일 아니니까 자네는 어서 서두르기나 해!"

"우노 경감님, 지금 유코 씨와 함께 계시죠?"

"그래. 근데 그건 왜 묻나?"

"역시 그렇군요."

하라다는 킥킥거리더니 전화를 끊었다. 이 녀석, 도대체 무슨 생각을 하는 거야?

"휴, 이제 살았다."

"슈퍼의 고기가 전부 팔렸으면 어떡하지?"

유코가 물었다.

"그건 그때 가서 생각하자."

"어쩔 생각인거야?"

"하라다 녀석을 사자한테 던져버려야지."

두 시간 정도가 지나서 하라다가 도착했다. 커다란 종이봉투 네 개를 두 팔로 꼭 끌어안고 있었다. 유코가 재빨리 그중 하나를 들고 밖으로 나가자 하라다는 그 큰 덩치를 소파에 털썩 묻고는 두리번 두리번 거실을 둘러보았다.

"집이 엄청 넓네요."

하라다가 감탄했다.

"응. 집주인이 부자라서."

"경감님은 여기서 뭐하고 계시는 거예요?"

"경비 아르바이트. 유코랑 둘이서."

"그래요? 좋겠네요. 호텔에서 자는 것보다 저렴하고……. 아 참, 고기값은요?"

"줄 테니 걱정 마. 그보다 좋은 와인이 있는데 한잔하겠나? 아, 운전 때문에 마시면 안 되겠군."

"아뇨. 괜찮아요."

"에이! 경찰이 음주 운전이라도 하려고?"

"택시 타고 왔어요."

"뭐야? 그럼 택시가 밖에서 기다리고 있어?"

"아뇨. 돌아갔지요."

"그래? 여기선 택시 잡기가 힘들 텐데. 아무래도 자네 그냥 여기서 자고 가야겠는걸."

"그럴 생각으로 택시를 돌려보낸 겁니다."

"뭐야? 이런 뻔뻔한 놈!"

내가 웃으며 말했다.

"좋아. 한잔할까?"

유코가 돌아왔다.

"아! 이제야 마음이 놓이네. 아주 게걸스럽게 먹어치웠어."

"누가 말입니까?"

하라다가 호기심 가득한 표정으로 물었다.

"응. 포치라고 있어."

나는 하라다에게 잔을 건네고 와인을 따랐다. 좋은 사람들과 마시는 술은 참으로 맛있다. 와인이라서 벌컥벌컥 마시진 못해도 술기운 덕분에 흥겨워져서 술자리는 심야까지 이어졌다.

"그럼 슬슬 자러 가볼까?"

벌써 새벽 세 시가 넘었다. 나도 모르게 하품이 나왔다.

"손님용 방은 두 개만 준비해주셨으니까 자네가 저 방을 쓰면 돼. 나와 유코는 한 방을 쓸 테니까."

"그 정도는 알고 있어요. 방해는 하지 않겠습니다. 그럼 저는 잠시 화장실에 다녀오겠습니다."

하라다는 능글능글 웃으며 자리에서 일어나 복도로 나갔다.

"유코, 그럼 우리는 2층으로 가볼까?"

"자기 전에 가스 밸브 잠그고 문단속을 해야지."

"아, 맞다. 우리 일은 빈집 지키기였지."

그때 전화벨이 울렸다. 유코가 수화기를 들었다.

"네. 사모님이시군요. 이 시간에 무슨 일 있으세요? 네? 뭐라고요?"

유코가 깜짝 놀란 목소리로 말했다. 나는 유코에게 급히 다가갔다.

"네. 알겠습니다."

유코가 수화기를 내려놓았다.

"아저씨! 큰일이야."

"무슨 일인데?"

"남편이 사라졌대."

"사라져? 어떻게 된 거야?"

"모르겠어. 자다가 일어나 보니 사라지고 없대. 옷을 갈아입었다 하니 어디론가 나간 모양이야. 차도 없고."

"어디로 갔을까?"

"별장에서 차 없이는 나오기 힘들대. 사모님은 내일 아침까지 기다렸다가 남편이 돌아오지 않으면 여기로 돌아오겠다고 했어."

"허 참, 대체 무슨 일인지."

도통 돌아가는 상황을 알 수 없어 고개만 갸우뚱하고 있는데 하라다가 손수건으로 손을 감은 채 돌아왔다.

"술에 취한 건지 졸려서 그런 건지 복도에서 장식품에 부딪혔어요."

"조심 좀 하지."

"그건 그렇고 복도 한가운데 그렇게 커다란 물건을 두다니 정말 위험하네요."

"복도 한가운데?"

"네. 진짜인 줄 알고 가슴이 철렁했다고요. 커다란 사자 박제가 있더라니까요."

나와 유코는 천천히 서로의 얼굴을 쳐다보았다. 불길한 예감에 얼굴이 굳어졌다.

"하라다! 그 문 닫아!"

"네? 무슨 소리십니까?"

하라다가 멍하니 우리를 바라보았다. 그때 반쯤 열린 문으로 포치가 느릿느릿 걸어 들어왔다.

"심장이 멎는 줄 알았다니까요."

하라다는 큰 몸집과 어울리지 않게 벌벌 떨며 말했다.

"유코, 어떻게 된 거야?"

"내가 열지 않았어! 정말이야."

유코가 정색을 하며 말했다.

"알아. 그랬겠지. 어쨌든 포치가 저기에 있다는 건 사실이잖아."

사자는 거실 구석에서 기분 좋은 듯 자고 있다. 우리는 갑작스런 사자의 등장에 당황해서 테이블과 의자 위로 뛰어 올라갔다. 사자는 여유롭게 우리 앞을 돌아 구석으로 가더니 쿵 하고 그 자리에 누워 잠이 들었다.

"그건 그렇고 사람의 심리라는 게 웃겨. 테이블 위라고 해도 습격

당하기는 마찬가지일 텐데 잽싸게 올라갔어."

"지금 심리학 운운할 때가 아니라고."

"괜찮아. 먹이만 주면 얌전하다고 했어."

"저대로 아침까지 자게 내버려두자고?"

"그럼 아저씨가 사자를 깨워서 '네 방은 저쪽이야'라고 말해보시든지."

"알았어. 별수 없군. 내 생각이 짧았어."

"내일 에이코 씨와 노리히로도 돌아올 테고 일단 여기서 밖으로 나가지 못하게 하면……. 아냐, 여기 있다가 날이 밝으면 스스로 정원으로 돌아가지 않을까?"

"결국 우리는 밤을 새워야 한다는 말이군."

"잠자고 싶은 분은 주무시든가."

"절대 잠들고 싶지 않아요."

하라다가 한숨을 내쉬며 말했다. 세 명 모두 조용히 소파에 앉았다. 술기운이 싹 달아났지만 다시 와인을 마실 생각은 전혀 들지 않았다.

"문이 왜 열렸는지 잠시 살펴보고 올게."

나는 자리에서 일어났다.

"아저씨, 나도 같이 가."

"우노 경감님! 여기 저 혼자만 두고 가지 마세요!"

"하라다, 한 명은 남아서 사자를 지켜봐야 해. 자고 있으니 괜찮을 거야."

하라다는 비참한 표정을 하고 나에게 말했다.

"경감님이 돌아오셨을 때 제 뼈만 남아 있으면 전부 다 경감님 책임이에요."

나와 유코는 복도를 벗어나 작은 방으로 들어갔다. 정원으로 나가는 문은 열려 있었다. 유코가 문손잡이를 보며 말했다.

"포치가 직접 연 거야. 확실해."

"그럴 리가!"

"여기 이빨 자국을 봐. 이렇게 표면이 긁힌 흠집이 있어."

"세상에. 이렇게 두면 위험하지. 자물쇠를 걸어놓지 않았단 말이야?"

"그런 것 같아."

유코는 눈을 돌려 정원 쪽을 한동안 바라봤다.

"저기 좀 봐. 정원 안에 뭔가 있어."

"어디? 뭔데?"

"글쎄, 공인가? 뭔가 보이는데."

유코는 손전등으로 정원을 비추었다.

"앗! 저, 저건!"

유코의 몸이 갑자기 휘청했다. 나는 쓰러지려는 그녀를 겨우 붙잡았다. 눈앞의 충격적인 광경에 나 역시도 온몸이 마비되는 듯했다. 유코가 손에 쥔 손전등의 흔들리는 불빛은 피로 붉게 물든 사메지마의 머리를 비추고 있었다.

3

"괜찮아?"

나는 유코의 손을 잡았다. 소파에서 일어난 유코의 얼굴은 아직 창백했다.

"응, 이젠 괜찮아."

"지금 이 지역 경찰이 와 있어."

"포치는 어디 있어?"

"거실에서 아직 자고 있어. 권총을 가진 사람들이 지키고 있으니 안심해도 돼."

"어떻게 이런 일이……. 사모님하고는 연락됐어?"

"별장에 전화했어. 지금 여기로 오는 중이야."

"얼마나 큰 충격을 받으셨을까."

"처참하게 죽었으니까."

"사메지마 씨의 몸통은 찾았대?"

"응. 정원과 조금 떨어진 담 쪽에서 발견됐어."

유코가 한숨을 쉬었다.

"대체 무슨 일이 있었던 거야."

"나도 뭐가 어찌 된 일인지 모르겠어. 사메지마가 왜 거기까지 들어가서 사자한테 당한 걸까?"

"공복 상태가 아니면 사자가 인간을 덮치는 일은 없을 텐데. 먹이도 제시간에 주었고……. 상대가 위협을 주지 않으면 포만감에 찬 사자가 인간을 공격하지는 않아."

"사메지마 씨가 사자를 위협했다는 말이야?"

"그럴 가능성도 있어."

"설마."

"만약에 사메지마 씨가 저 담을 넘어서 들어온 거라면?"

"자기 집에 들어가는데 왜 담을 넘어?"

"이유야 어쨌든 담을 넘어왔다면 포치가 반사적으로 달려들었을지도 몰라."

"일리 있는 말이로군."

"그나저나 포치는 결국 죽게 되겠지?"

"그렇겠지."

유코는 천천히 고개를 저었다.

"불쌍한 노리히로."

때마침 현관에서 사람들의 웅성거림이 들려왔다.

"에이코 씨가 오셨나 보다."

"아…… 비번이었는데 이런 사건에 휘말리다니 인생 참 우울하군."

에이코 씨는 침착하게 남편의 시신을 확인했다. 조금 전 현관에 들어섰을 때보다 얼굴이 더 창백했다. 그녀는 시신을 본 순간 눈을 확 돌렸지만 다시 마음을 가다듬고 시신을 확인했다.

"제 남편이 맞습니다."

남편의 죽음에 충격을 받은 듯했지만 목소리에 슬픔은 담겨 있지 않았다. 순간 야마구치라는 남자의 존재가 뇌리를 스쳤다.

　뒤이어 아들 노리히로가 집으로 뛰어 들어왔다.

　"포치! 포치!"

　노리히로는 소리를 지르며 포치를 찾았다.

　"조용히 해! 사자가 자고 있어."

　당황한 하라다가 노리히로를 진정시켰다.

　"포치는 어디 있어요?"

　"거실에 있어. 들어가면 안 된다."

　"왜요?"

　"위험해."

　"아니에요. 위험하다니요. 막 태어난 새끼 고양이보다 더 온순하다고요."

　"너희 아버지를 물어 죽였어."

　하라다의 말에 노리히로의 얼굴색이 확 변했다. 아버지가 돌아가셨다는 이야기는 아직 못 들었나 보다.

　"거짓말하지 마세요."

　노리히로는 못 믿겠다는 듯 하라다를 노려보았다.

　"안타깝지만 사실이란다."

　내가 끼어들어 재차 확인시켜 주었다.

　"노리히로, 포치가 아버지를 죽인 건 사실이란다."

　"그럴 리가……."

　노리히로는 파랗게 질려서 떨리는 목소리로 물었다.

"그럼 포치를 죽일 건가요?"

"그렇게 되겠지. 하지만 너무 걱정하지 마. 고통스럽지 않은 방법으로……."

내 말이 끝나기도 전에 노리히로는 계단을 뛰어 올라갔다. 유코가 내게 천천히 다가왔다.

"유코, 다 듣고 있었지?"

"응. 노리히로는 아버지의 죽음보다 포치를 죽인다는 게 더 충격인가 봐."

"그런 것 같군."

"에이코 씨는 뭐래? 사정 청취는 했고?"

"이제부터 해야지."

"그럼 나도 같이 갈게."

벌써 새벽 다섯 시가 넘었다. 곧 해가 뜰 시간이다. 에이코 씨는 꼼짝 않고 응접실 소파에 앉아 있었다.

"부인, 이런 상황에 대단히 죄송합니다만 몇 가지 질문에 답변을 해주셔야겠습니다."

"질문하세요. 저는 괜찮아요."

"남편분이 별장에서 사라졌다고 전화하신 게 새벽 세 시경이었죠?"

"네. 맞아요. 그때쯤이었습니다."

"남편분의 사망 시각은 그보다 조금 전이라고 추정됩니다만, 남편분이 별장 밖으로 나간 시각이 언제였는지 기억하십니까?"

"글쎄요. 남편은 저녁 식사 후에 피곤해서 먼저 자야겠다면서 방으로 들어갔어요."

"그게 몇 시쯤이었죠?"

"확실하지는 않지만 밤 여덟 시 정도였을 거예요."

"그럼 부인께서는 새벽 두 시가 넘어서까지 주무시지 않으셨나요?"

"아니요. 저도 밤 열한 시에는 눈을 붙였어요."

"그럼 그때까지는 남편분과 함께 계셨습니까?"

"아뇨, 남편과는 침실을 따로 쓰거든요."

"그렇군요. 그럼 남편이 사라진 걸 어떻게 아셨죠?"

"전 문단속에 많이 신경을 쓰는 편입니다. 새벽 두 시경에 눈을 떴는데 문단속을 제대로 했는지 마음에 걸렸어요. 확인해보지 않고는 편히 잠들지 못할 것 같아서 현관문으로 가봤는데 자물쇠와 체인까지 걸려 있었죠. 그런데 남편 신발이 보이지 않았어요."

"문이 잠겨 있었다면 남편분은 어디를 통해서 밖으로 나가신 겁니까?"

"뒷문으로 나갔을 거예요. 부엌에 밖으로 통하는 문이 있거든요."

"그렇군요. 말씀 계속하세요."

"네. 신발이 없어진 것을 보고 바로 남편 침실로 가보았더니 남편이 없었어요. 침대에 누운 흔적도 없었습니다. 그래서 남편이 사라졌다고 전화를 한 겁니다."

"알겠습니다. 결국 남편분은 여기로 돌아오셨는데요, 그 이유는 뭐라고 생각하십니까?"

"글쎄요. 전혀 모르겠습니다."

"뒤뜰에서 사망한 이유도 모르시겠습니까?"

"그것도 모르겠어요. 남편은 원래 동물을 키우기 싫어했어요. 애완동물을 돌보는 일은 시간 낭비라며 차라리 그 시간에 일을 더 하겠다고 하던 사람이었거든요."

"그랬던 남편분이 사자를 키우는 건 허락했나 보죠?"

"오로지 노리히로를 위해서였습니다. 남편은 아들한테는 관대했어요. 노리히로가 뭔가를 원하면 거절하지 못했죠. 애완동물 가게에서 노리히로가 새끼 사자였던 포치를 키우고 싶다고 조르자 결국 사주었습니다. 몸집이 커지면 동물원으로 보낸다는 조건을 걸고 말이에요. 하지만 키워보니 정이 들어서 동물원에 보내지 못했어요. 정작 남편은 포치를 살 때 약속한 조건은 잊었는지 상관도 안 하더군요. 아무튼 도대체 남편이 왜 포치가 있는 정원에 갔는지 이해가 안 가요."

"포치는 성격이 온순하다고 하셨죠?"

"네. 몸집이 크니 어쩌다가 상처를 입히는 경우는 있어도 사람을 공격한 적은 한 번도 없었어요. 전 지금 일어난 일이 도무지 믿어지지가 않아요."

"뜻밖의 상황에서 사자의 야성이 나왔는지도 모르죠."

"그런 걸까요?"

"부인, 냉장고 안에 포치의 먹이가 전혀 들어 있지 않았는데 그 사실은 알고 계셨습니까?"

"네에? 정말요?"

에이코 씨는 눈을 휘둥그렇게 뜨고 손을 입으로 가져갔다.

"냉장고에 먹이는 분명히 넣어두었어요. 설마 그래서 포치가 그런 짓을……."

"그건 아닐 겁니다. 저희가 먹이를 사다가 주었거든요."

"아…… 그래요? 감사합니다. 그렇지만 저는 분명히 냉장고에 먹이를 넣어두었어요."

"냉장고 세 개 다 안이 텅텅 비어 있었습니다."

"어떻게 된 거죠? 저는 틀림없이 넣어놨는데요."

"누군가가 고의적으로 냉장고 안을 비웠을지도 모르겠습니다."

에이코 씨는 아연실색했다. 나는 헛기침을 한 번 하고는 말했다.

"부인, 이럴 때 이런 질문을 드리기가 내키지는 않습니다만 꼭 대답해주셨으면 합니다."

"네. 말씀하세요."

"야마구치라는 남자를 알고 계신가요?"

에이코 씨는 순간 깜짝 놀라 바짝 긴장했다.

"아시는군요."

"네. 다 들었습니다."

나는 그들이 별장으로 떠난 후 야마구치가 집으로 찾아온 사실을 그녀에게 말했다.

"그렇군요. 그 사람이 왔었군요."

"야마구치는 부인이 남편한테 살해당할 거라며 걱정을 했습니다. 왜 그랬을까요?"

"제가 그에게 남편이 폭력적이니 우리 둘의 관계가 발각되면 죽일지도 모른다는 말을 해서 그랬나 봐요."

"만일 그렇다면……."

유코가 끼어들어 물었다.

"남편분께서는 정말로 부인을 죽이려 했을까요?"

"설마, 그런 생각을 하지는 않았을 거예요. 하지만 그는 한번 화가 나면 이성을 잃는 사람이에요. 그이가 때리면 정말 저는 죽을지도 몰라요."

"폭행을 당한 적이 있으십니까?"

"네. 수차례 있었어요. 뭐든지 독점하려는 욕구가 강한 사람이어서 제가 다른 남자와 이야기하는 것만으로도 화를 냈었죠. 야마구치는 그런 저를 불쌍해했고요."

그때 하라다가 들어와 나를 불렀다.

"뭐야?"

내가 일어서서 다가가자 하라다는 접힌 편지를 보여주었다.

"이 편지가 시체의 주머니에서 나왔어요."

펼쳐보니 볼펜으로 휘갈겨 쓴 글씨가 있었다.

'만나고 싶습니다. 오늘 밤 숲에서 벗어난 곳에서 봅시다. 야마구치.'

나는 소파에 다시 앉아 아무 말 않고 편지를 에이코 씨에게 보여주었다. 에이코 씨는 놀라서 눈을 크게 떴다.

"이건 야마구치의 글씨예요."

"부인한테 쓴 것 같은데요."

"네. 분명 제게 쓴 거예요. 하지만 이 편지는 지금 처음 봐요."

"두 분은 항상 이런 메모를 주고받았습니까?"

"네. 그랬어요. 야마구치는 편지지를 항상 가지고 다녔어요. 우편물이 오는 오후 시간에 맞춰 그가 편지를 우편함에 넣으면 제가 가져갔어요. 아! 어제는 남편이 점심때 회사에서 돌아왔어요. 그때 남편이 우편물을 챙겼나 봐요."

"그래서 이 편지가 남편분 손에 들어갔군요. 남편분은 우편물을 별장으로 가지고 갔고, 거기서 이 편지를 보고 바로 집으로 차를 몰고 왔을 가능성도 있겠습니다."

"경감님, 야마구치와 남편이 약속 장소에서 만난 후 무슨 일이 벌어진 걸까요?"

"그건 모릅니다. 남편을 죽인 건 사자니까요. 하지만……."

"그건 아니에요. 앞뒤가 안 맞아요."

유코가 말을 잘랐다.

"야마구치는 부인이 여행 가신 걸 우리들이 말해준 뒤에야 알았어요. 부인이 약속 장소에 나올 수 없다는 걸 알고도 일부러 그곳에 갈 리가 없어요."

"듣고 보니 그러네. 하지만 사메지마 씨는……."

그때 어디선가 유리가 깨지는 소리가 들렸다.

"저게 무슨 소리지?"

자리에서 일어서려는 순간 이번에는 총성이 들렸다.

"거실 쪽이야."

우리들은 거실로 뛰어갔다.

"무슨 일이야?"

"사자가 정원으로 나갔어요."

하라다는 열린 유리문을 가리켰다. 유리문을 잠그는 자물쇠 쪽 유리가 깨져 있었다.

"누가 열었지?"

"저 아이입니다."

"어머, 노리히로가요?"

에이코 씨가 소리를 질렀다.

"그게 눈 깜짝할 사이에 일어난 일이라. 정원을 통해 아이가 들어왔나 봅니다. 창문을 깨고 들어와 막 잠에서 깬 사자를 데리고 정원으로 도망쳤습니다."

"총은 누가 쏘았지?"

"모두들 갑자기 벌어진 일에 잠시 넋이 나갔다가 한 명이 정신을 차리고 한 발 쏘았습니다만 아이가 같이 있어서 재차 발포하지 않았습니다."

"알겠어. 아이와 사자는 이 정원 밖으로는 못 나갈 거야. 조금 있으면 날이 밝아지니 그때 수색하도록 하지. 아이가 있으니 각별히 주의해서 꼼꼼하게 잘 수색하게."

"알겠습니다."

멀리서 또 총성이 들렸다.

"이게 무슨 소리죠?"

에이코 씨가 놀라서 물었다.

"대문 쪽에서 들렸어요. 가봐야겠어요."

유코가 말했다.

유코와 나는 대문을 향해 달려 나갔다. 해가 뜨면서 날이 밝아오고 있었다. 경찰 한 명이 달려와 우리 앞에 서서 숨을 헐떡였다.

"무슨 일인가?"

"사자가 말입니다."

"무슨 일이냐니까!"

"덤불 속에서 뛰어나와 아이와 함께 집 밖으로 도망쳤습니다."

"뭐라고!"

나는 순간 말을 잃었다.

"대문을 열어놓은 거야? 왜 막지 못했나? 그럼 아이라도 붙잡았어야지!"

애꿎은 경찰만 나무라봤자 소용없다. 내가 현장에 있었다 해도 눈앞에 갑자기 사자가 튀어나왔다면 놀라서 아무런 대처도 못 했으리라. 게다가 문을 잠가놓지 않은 것은 경찰의 실수다. 수사가 있을 경우에는 드나드는 차들이 많아서 특별한 지령이 내려지지 않는 한 경찰관은 으레 문을 열어놓는다. 하지만 사자를 감시하는 마당에 문을 열어놓다니 명백한 잘못이다.

"일단 사자가 인가로 가지 못하도록 비상선을 치도록 해."

"사자는 잡목림 쪽으로 도망쳤습니다."

"그래? 지금 당장 수색대를 만들어서 찾아봐. 하지만 발포는 절대 안 돼. 아이가 맞을지도 모르니까. 사자한테 어설프게 상처를 입히면 오히려 더 위험하니까 멀찍이 포위만 해. 공격은 하지 말도록."

"알겠습니다."

경찰관이 달려 나가자 나는 혀를 찼다.

"정신을 놓고 있었네. 젠장."

"걱정 마. 괜찮을 거야. 사자를 죽이지 않겠다고 약속하면 노리히로는 돌아올 거야."

유코가 말했다.

"지금 노리히로한테 거짓말을 하자는 거야? 너답지 않게 왜 그래?"

"거짓말이 아니라 정말 그렇게 되도록 해야지."

"그건 말도 안 돼."

"알아. 그런데 도저히 이해가 되지 않는 점이 있어."

유코는 심각한 표정으로 생각에 잠겼다. 아침 해가 완전히 떠올랐다.

4

아침 일찍 공사 현장에 가보니 인부 한 명이 포클레인으로 땅을 파는 작업을 하고 있었다.

"실례합니다."

우리가 말을 걸자 그는 포클레인의 엔진을 껐다.

"무슨 일이시죠?"

그는 피부가 검게 그을린 다부진 체격의 남자로 30세 전후로 보였다.

"아주 이른 시간부터 일을 하시는군요."

유코가 말했다.

"어제까지 끝냈어야 했던 일이라 그럽니다. 그런데 누구시죠?"

"경찰입니다. 야마구치 씨 계십니까?"

"글쎄요. 오늘 아침에는 보지 못했는데요. 아마 늦게 나올 겁니다. 근데 무슨 일이시죠?"

"여쭤볼 일이 있습니다."

"그러고 보니 어제 경찰차 소리가 많이 나던데 사메지마 씨 집에 무슨 일이 있었습니까? 그 일로 야마구치 씨를 찾고 계신가요?"

"왜 그렇게 생각하시죠?"

그는 웃으며 말했다.

"이곳 현장에서는 유명합니다. 야마구치와 에이코 씨의 관계 말입니다."

나는 유코와 서로 얼굴을 마주 보았다.

"성함 좀 알려주시겠습니까?"

"이토하라라고 합니다. 야마구치 씨와는 친한 사이죠. 정말 무슨 일이 생겼습니까?"

"아이고, 이게 누구십니까? 형사님 아니세요?"

그때 야마구치가 도착했다.

"어제는 실례가 많았습니다. 제가 잠깐 이성을 잃었나 봅니다. 그런데 이렇게 일찍 무슨 일이십니까?"

지금 야마구치가 무언가를 숨기고 태연한 척 연기를 하는 거라면 연극배우로 직업을 바꿔도 좋을 듯싶다. 난 사메지마가 사망한 사건 경위를 설명했다. 야마구치는 깜짝 놀라며 말했다.

"끔찍한 일이군요. 사메지마는 별장에 갔다고 하지 않으셨습니까?"

"차를 몰고 혼자 먼저 집으로 돌아왔습니다. 이 편지를 보고 말입니다."

내가 편지를 보여주자 야마구치는 깜짝 놀랐다.

"앗! 이건······."

"당신이 쓴 겁니까?"

"그렇습니다. 분명히 제가 쓴 편지입니다."

"당신은 약속 장소로 갔습니까?"

"그럴 리가요. 가지 않았습니다. 에이코 씨가 여행을 갔으니 올리가 없다고 생각했으니까요."

"야마구치 씨, 여기 쓰여 있는 '숲에서 벗어난 곳'으로 안내해주세요."

"알겠습니다. 이토하라 씨, 잠깐 다녀오겠습니다."

"네. 다른 분들한테는 말하지 않을 테니 다녀오세요."

"네. 미안합니다."

야마구치는 공사 현장을 벗어나서야 조용히 물어보았다.

"그 사람은 괜찮습니까?"

"부인은 무사합니다."

"다행이군요."

야마구치는 안도의 한숨을 내쉬었다.

"혹시 제가 용의자입니까?"

"아닙니다. 범인은 저 사자입니다. 하지만 왜 사자가 있는 정원으로 들어갔는지가 의문입니다."

그때 숲으로 들어가는 경찰들의 모습이 보였다. 야마구치는 그 모습을 보며 나에게 물었다.

"왜 경찰들이 저기 있는 거죠?"

내가 사정을 설명하자 그는 인상을 찡그렸다.

"위험해요! 저런 행동들은 사자를 자극할 뿐입니다."

"사자에 대해 잘 아십니까?"

"잘 아는 건 아니지만 동물을 좋아해서요. 아, 이쪽입니다."

우리 둘은 드디어 '숲을 벗어난 곳'에 도착했다. 그곳은 허리 높이까지 오는 풀이 무성한 곳이었다. 개발의 물결이 잡목림 근처까지 몰려온 탓에 여기저기 파헤쳐놓은 땅에 잡초가 자라 풀숲을 이루었다 한다. 여기에 있으면 풀숲이라는 바다에서 잠수하는 거나 마찬가지니 남의 눈에는 절대 띄지 않을 터이다. 그야말로 최적의 밀회 장소다.

"에이코 씨와 전 늘 여기서 만났습니다."

"사메지마의 집에서는 꽤 먼데요."

"아닙니다. 멀지 않아요. 지금은 수풀 바깥쪽을 돌아서 왔기 때문에 멀다고 느껴진 겁니다."

"저기, 잠시만요."

유코가 말했다.

"저쪽에 뭔가 떨어져 있어요."

수풀 사이로 하얀 물건이 눈에 띄었다. 유코는 그 물건을 보고 놀라 말했다.

"손수건이에요. 깨끗해요. KS라는 이니셜이 수놓아져 있어요."

"KS라. 사메지마 고이치로다! 그럼 역시 사메지마는 어젯밤에 이곳에 온 것이로군."

나는 유코가 건네준 손수건을 받아들고 이니셜을 확인했다.

"하지만 저는 여기 오지 않았습니다."

"야마구치 씨, 정말입니까? 혹시나 하는 마음으로 와보니 사메지마가 와 있던 거 아닙니까? 그와 싸움이 나서 사메지마를 때려눕힌 뒤 계획을 세운 거 아닙니까? 사자한테 살해당한 걸로 꾸미자고."

"말도 안 되는 소리 마세요. 그렇다 해도 제가 무슨 수로 사자가 사메지마 씨를 물게 합니까?"

"사메지마 씨의 몸집이 크니까 저렇게 높은 담장 위로 시체를 던지는 건 불가능해. 사메지마 씨가 스스로 들어갔을지도 몰라."

유코가 말했다.

"말도 안 돼. 죽으려고 환장하지 않은 이상 어떤 인간이 스스로 사자가 있는 정원에 들어가? 사자한테 인생 상담이라고 받으려고?"

유코의 눈이 반짝였다.

"맞아. 혹시…… 그렇다면……. 그렇군!"

자기 혼자만 이해하는 독백은 명탐정의 전매특허다.

"유코, 뭔가 알아낸 거야?"

"응. 어떻게 된 건지 알겠어. 확실해."

그때였다. 그르르 하는 소리가 나더니 이어 으르렁! 하고 머리를 뒤흔드는 사자후가 들렸다. 깜짝 놀라 뒤를 돌아보자 노리히로와 사자가 눈앞에 서 있었다.

"노리히로!"

"다가오지 마!"

유코가 가까이 다가가려 하자 노리히로가 소리쳤다.

"노리히로, 내 말 좀 들어봐."

"선생님도 안 믿어요. 저는 포치를 죽게 내버려두지 않을 거예요."

"죽이지 않을 거야. 정말이야."

"거짓말! 말만 그렇게 해놓고 '전부 너를 위해서 그랬다'고 말하려는 속셈을 모를 줄 아세요? 어른들은 늘 그런 식으로 말하잖아요!"

아이들은 가끔 정곡을 찌르는 말을 한다. 아니지. 지금 그런 말에 감탄할 상황이 아니다.

"노리히로, 우린 포치를 죽이지 않도록 최선을 다할 거란다. 지금 얌전히 돌아오면 그 사자를 살릴 기회는 있어. 하지만 계속 도망친다면 분명 포치는 죽게 될 거야."

나는 간절한 마음으로 설득했지만 노리히로는 완강하게 고개를 내저었다. 그때 뒤쪽 덤불이 흔들리더니 경찰들이 한꺼번에 쏟아져 나왔다. 그들은 일제히 사자를 향해 권총을 겨누었다. 노리히로는 재빨리 사자 앞에 서서 말했다.

"포치를 죽이려면 나부터 쏴!"

참으로 대단한 용기였다. 사자에 대한 소년의 무한한 애정 앞에 두려움 따위는 명함도 내밀지 못했다.

"쏘지 마!"

나는 경찰을 제지했다. 유코가 조용히 앞으로 나섰다.

"걱정하지 마, 노리히로. 포치는 괜찮아. 너희 아버지를 죽인 범인은 포치가 아니야."

"정말요?"

노리히로가 반신반의하는 표정으로 물었다.

"그래, 정말이야. 처음부터 이상했어. 만일 사자가 사람을 죽인 거라면 숨통을 끊으면 그만이야. 목을 완전히 물어 끊을 필요가 없어. 사자가 거실에 들어왔을 때도 절대로 흥분한 모습이 아니었거든."

"하지만 인간은? 인간이 어떻게 사람의 머리를 저 지경으로 만들어?"

내가 물었다.

"가능해. 철로 만든 틱을 사용하면 말이지"

"철로 만든 턱?"

"나무뿌리를 잘라내고 커다란 돌덩이도 파내는 강력한 포클레인이라면 사람 머리 베는 정도야 식은 죽 먹기지."

"설마!"

"범인은 사메지마 씨를 일단 이곳으로 유인한 다음 기절시키고 포클레인으로 사메지마 씨의 머리를 벤 거야. 처음에는 목을 찌르는 정도로 하려 했겠지. 사자가 물어뜯은 것처럼 보여야 하니까. 하지만 실수로 머리를 통째로 베어버린 거야. 암튼 그 후에 시체를 포클레인에 싣고 담으로 가서 정원으로 시체를 던졌어. 포치는 이미 우리가 사다 준 먹이를 먹은 후라 시체는 건드리지 않았지. 아마 이상한 것이 자신의 영역으로 들어와서 성가시다고 느껴 집 안으로 들어왔을 거야. 이로 손잡이를 돌려서 말이지. 우리가 그때 알아차렸어야 했는데! 손잡이에 남은 이빨 자국에 피는 전혀 묻어 있지 않았잖아. 목을 문 직후라면 당연히 피가 묻어 있어야 하는데 말이야."

"그래서 범인은 대체 누구라는 거야?"

"포클레인을 운전할 수 있는 사람. 그리고 범행 당시에 포클레인에 묻은 피를 지우기 위해서 이른 아침부터 혼자서 작업을 한 사람이죠."

유코는 숲에 서 있는 한 사람을 가리키며 날카로운 목소리로 말했다.

"저 사람을 체포해!"

우리를 몰래 따라와 수풀 한 구석에 숨어 있던 이토하라가 달아났다. 노리히로가 포치의 몸을 툭 치며 말했다.

"포치, 저 사람을 잡아!"

노리히로의 명령이 떨어지기가 무섭게 포치는 사자후를 내지르며 덤불을 향해 탄력 있는 몸뚱이를 날렸다.

"살려주세요!"

곧 이토하라의 비명이 들렸다. 우리들은 덤불 안으로 달려갔다. 아무리 범인이라 해도 사자에게 물려 죽게 둘 수는 없다.

이토하라의 모습을 본 순간 모두 웃음을 터뜨렸다. 자빠진 이토하라의 몸 위에 포치가 앉아 얼굴을 혀로 핥고 있지 않은가.

"살려주세요. 제발……."

"당신한테는 비극적인 결말이 됐군."

나는 야마구치를 보고 말했다. 그는 가혹한 현실을 꾹 참는 듯 공사 현장의 흙을 힘껏 디디며 서 있었다.

"자업자득입니다. 제가 바보였습니다. 에이코 그 사람은……."

"학대당하는 아내를 연기하면서 항상 다른 남자와의 정사를 즐겼습니다. 남편은 부인의 음행을 못 본 척해주었습니다. 언젠가는 그만두겠지 하면서요."

"뭐가 어찌 된 일인지 다 얘기해주세요."

야마구치는 단도직입적으로 말했다. 유코가 설명을 자청했다.

"에이코 씨는 남편 사메지마를 죽여줄 남자를 찾고 있던 거예요.

처음에는 야마구치 씨한테 부탁하려고 했던 거 같아요. 그렇지만 야마구치 씨는 그럴 인물이 못 된다는 걸 금방 알아채고 마음을 바꾼 듯해요. 에이코 씨가 바람을 피운다는 소문을 듣고 재미 삼아 접근한 이토하라 씨를 본 그녀는 이 남자라면 분명히 해내리라 생각한 거죠. 남편을 죽이고 재산을 가로채자는 에이코 씨의 말에 욕심이 동한 이토하라는 그 제안을 받아들였겠죠. 그 와중에 남편이 별장에 가자고 하자 에이코 씨는 그 기회를 놓치지 않았어요. 확실한 알리바이를 만들 기회였으니까요. 하늘이 돕는지 때마침 야마구치가 만나자는 편지까지 보내왔고요. 그 편지는 분명히 에이코 씨가 받았습니다. 남편이 우편물을 가지고 왔다는 건 거짓말이에요. 사자가 남편을 죽인 것처럼 해놓고 만약 그 속임수가 발각되면 야마구치 당신한테 뒤집어씌우려고 거짓말을 한 거예요. 이중으로 안전망을 친 거죠. 에이코 씨는 포치가 배고픔을 이기지 못해 신경이 예민해져 있었던 것처럼 보이기 위해 처음부터 냉장고는 비워놨어요. 또한 야마구치 씨가 보낸 편지를 이토하라한테 넘겨 사메지마한테 전하도록 했죠. 이토하라는 야마구치 씨가 사메지마한테 보낸 편지라고 하면서 건넸을 거예요."

"야마구치 씨가 사메지마한테 편지를 보낸 것처럼 했다고?"

내가 중간에 끼어들어 물었다.

"네, 맞아요. 야마구치 씨는 분명 에이코 씨한테 편지를 썼지만 막상 그 내용을 보면 받는 대상이 불분명하죠. 그래서 편지를 본 대상은 자기한테 온 편지라고 믿게 되는 거고요. 사메지마 씨도 야마구치 씨가 자신을 보자고 한 것이라고 생각했기에 별장에서 여기까지 돌아온 겁니다."

"흠. 머리가 좋은 여자로군."

나는 한숨을 쉬었다. 유코가 말을 이었다.

"다음은 좀 전에 설명한 대로예요. 이토하라는 사메지마를 살해하고 시체를 정원에 던졌어요. 다만 여기서 한 가지 예기치 못한 일이 일어났죠. 야마구치 씨가 사건 당일 남편을 만나러 사메지마 씨 집으로 찾아온 거예요. 야마구치 씨, 그때 저희를 만났잖아요. 저희와 이야기를 나누다가 당신은 에이코 씨가 여행을 갔다는 사실을 알게 되었어요. 에이코 씨가 여기 없다는 걸 알게 되었으니 약속 장소로는 갈 필요가 없어졌어요. 당신한테 죄를 뒤집어씌우려고 한 계획은 수포로 돌아간 거죠."

"잠깐, 이토하라는?"

나는 문득 생각이 떠올랐다.

"만약 에이코 씨가 여행 간 걸 모르고 야마구치 씨가 약속 장소로 갔다면 이토하라와 마주치지 않았을까? 그럼 범행이 발각되잖아."

"약속 장소에 못 가도록 이토하라가 야마구치 씨한테 사메지마 가족이 여행을 갔다는 언질을 줬을걸. '차로 외출하는 걸 보았다' 정도로. 에이코 씨는 거기까지 신경 쓰지 않았지만 이토하라는 자신을 보호해야 하잖아. 경찰이 야마구치를 심문해서 나중에 이 사실이 밝혀져도 그건 잡아떼면 그만이야. 기억이 나지 않는다는 식으로. 그러면 경찰도 야마구치 씨의 말을 믿지 않을 테니까."

"맞습니다. 이토하라가 사메지마 가족이 여행을 가는 듯하다고 얘기했습니다. 밤에 형사님과 얘기하고 돌아간 후에요. 이미 알고 있다고 하자 이토하라는 크게 놀란 표정이었습니다."

야마구치는 한숨을 쉬었다.

"실례가 많았습니다. 그럼 저는 이만 가보겠습니다."

그는 머리 숙여 인사를 하고 이 일을 빨리 잊고 싶은 듯 성큼성큼 걸어갔다.

우리는 역 방향으로 천천히 걸었다. 봄날의 오후. 어제보다 날씨가 훨씬 더 따뜻했다.

"에이코 씨가 수상하다고 생각했어?"

"응."

"왜?"

"에이코 씨가 야마구치 씨한테 말한 남편의 학대 이야기는 너무 시대와 뒤떨어졌어. 동정을 받기 위해 지어낸 이야기 같았거든. 또 남편이 독점욕이 강하고 질투심이 많다고 한 이야기도 이상했어."

"그건 왜?"

"질투심 강한 남편이 침실을 따로 쓴다는 게 말이 안 되잖아."

"그렇군. 그걸 몰랐네. 그나저나 노리히로가 불쌍해서 어쩌나."

"걱정 마. 괜찮을 거야. 아주 마음 좋으신 숙부가 있대. 포치와 헤어져야 하는 게 그 아이는 힘들겠지만."

"아마 노리히로는 사랑에 굶주려 있었을 거야. 아버지는 일만 하고 어머니는 남자에 빠져 있었으니까. 사자를 귀여워하고 돌보면서

외로움을 달랬겠지."

"노리히로도 이제는 강해져야겠네."

"그런데 말이야. 나도 사랑에 굶주려 있어."

"그래? 나돈데."

"우연의 일치군!"

목소리는 들떴다. 유코는 내 어깨에 머리를 기대어 애교 섞인 목소리로 말했다.

"어디든 가자."

"그래. 그럼 택시 타고 가자."

우리는 역 앞에 있는 택시 한 대에 급히 올라탔다.

"네가 가고 싶은 곳으로 가자."

"그럴까? 그럼 기사님! 우에노 동물원으로 가주세요."

유코는 밝은 목소리로 말했다.

제4장

거리에 비가 내리듯

유령 후보생

1

"어라, 비가 왔나 보네."

미토 다쓰오는 텐트 밖으로 나와 혼자 중얼거렸다. 강가에 있는 검은색 자갈들이 비에 젖어 반짝반짝 빛이 났다. 이른 새벽 협곡에 햇빛이 비치기 시작했고 계곡을 따라 흐르는 물 위로 안개가 피어 올랐다. 네 개의 텐트 안에서는 아직 아무도 일어나지 않은 듯했다.

미토는 크게 심호흡을 했다. 초여름의 아침 공기로 가슴속을 시원하게 뚫으려 했다. 그러나 아직 감각이 깨어나지 않았는지 아침의 상쾌함이 온몸 구석구석 전달되지는 않았다.

'밤사이에 비가 오긴 했지만 지금은 그쳤으니 오늘은 날씨가 좋겠지.'

위를 올려다보니 100미터 가까이 되는 절벽 사이로 밝아오는 아침 하늘이 엿보였다. 산 정상의 한쪽 모서리에 햇빛이 닿아 금빛으로 반짝였다.

"아름답다."

미토는 절경에 취해 감탄했다. 자연경관에 반해 홀로 감격하다니, 열성적이지도 않은 반더포겔Wandervogel, 독일에서 일어난 청년운동 단체. 도보 여행으로 허약한 도시 청년들을 대자연으로 끌어내어 몸과 마음을 단련한다는 취지로 구성되었다 부원치고는 그는 아직 순수한 구석이 있다. 미토는 아무도 일어나지 않은 시간에 혼자 일어나면 우월감 비슷한 감정을 느끼기도 했다.

미토는 다시 한 번 심호흡을 했다. 이번엔 제법 효과가 있는지 가슴이 더없이 상쾌해졌다. 다시 한 번 심호흡을 하는데 범상치 않은 장면이 눈에 들어왔다. 미토는 고개를 흔들고 눈을 비볐다.

'저게 뭐지? 뭐가 나뭇가지에 매달려 있는 거지?'

미토는 시력이 좋은 편이었다. 굳이 가까이 다가가지 않아도 나무에 매달린 게 무엇인지 충분히 알아볼 수 있었다. 그런데도 미토는 무의식적으로 천천히 나무 밑까지 걸어갔다. 왜 여기에 사람이 매달려 있을까. 이 사람 뭐 하고 있는 거지?

"악! 여기 사람이……. 큰일 났어요! 사람이 목을 매달았어요!"

크게 소리를 지르면서 미토는 텐트가 있는 쪽으로 몸을 돌렸다. 재빨리 텐트로 달려가고 싶었지만 몸이 말을 듣지 않았다. 다리가 후들거려서 서 있기조차 힘들었다. 기어가다시피 하여 겨우 텐트가 있는 곳에 다다를 수 있었다.

"그만 헤어져. 처음부터 부적절한 관계였어. 우린 나이 차가 너무 많이 나."

유코가 한숨을 쉬면서 말했다.

"그런 말 하지 말아요. 우리가 헤어질 일은 없을 거예요."

"나는 벌써 마흔다섯 살이야. 너의 어머니라고 해도 이상하지 않을 나이야."

너의 어머니라는 유코의 말에 난 웃음이 터져 나왔다. 유코는 그런 나를 매섭게 쏘아보았다.

"에이! 진지하게 해야지!"

"아무리 그래도 그렇지, 네가 맡은 역은 마흔다섯이고 나는 열일곱이라니 너무하잖아."

나는 대본을 테이블 위에 내려놓았다.

오후가 가까워오면 카페에는 손님이 거의 없어 한산하다. 손님이 많아 붐비는 카페에서는 이런 볼썽사나운 짓은 절대 하지 못한다. 아까부터 카페의 여종업원이 우리를 보며 필사적으로 웃음을 참고 있다.

"그런가?"

유코는 고개를 갸우뚱했다.

"그러고 보니 그러네. 현실과는 완전히 반대니까."

"완전히는 아니지!"

나는 반박했다.

"우선 나는 마흔다섯이 아니라 마흔이고 너는 열일곱이 아니라

스물둘이야."

"그러니까 별로 차이도 안 나잖아."

"다섯 살이나 차이가 나잖아."

"그 정도까지 펄펄 뛰다니. 나이가 들었다는 증거야."

나는 언짢은 표정으로 식어버린 커피를 꿀꺽꿀꺽 마셨다. 이 연극 연습은 적당히 하고 끝내야겠다. 이러다가 괜히 서로 감정만 상할 것 같다. 유코가 꼭 만나고 싶다고 애교 섞인 말로 전화를 걸어왔을 때 왠지 불길한 예감이 들었다. 별일 있겠냐 싶었지만 나쁜 예감은 틀리지 않는다.

유코는 대학 연극부에서 배우로 활동한다. 이번 공연에서는 '초이' 역을 맡았다. 초이는 연극의 주인공이 청소년기에 사모했던 연상의 여인이다. 대사는 많지 않지만 눈에 띄는 역이라고 한다.

"기획 담당자가 이 배역에 딱 어울리는 인물로 나로 점찍어놓았대. 물론 내 미모를 보고 말이지. 그 사람 제법 보는 눈이 있어."

유코는 매우 흡족한 표정을 지었다. 모레가 공연인데 상대를 해줄 사람이 없으면 대본을 외우기 어렵다며 나를 끌어들인 것이다.

"아저씨, 진지하게 해. 연습이 안 되잖아."

"무리한 부탁은 하지 마. 나는 배우가 아니란 말이야."

"무슨 말씀을! 형사라는 직업도 가끔 연기력이 필요할 때가 있을 텐데."

"아무리 그래도 범인한테 '당신이란 커다란 장미는 나의 마음속에서 영원히 시들지 않습니다' 따위의 말을 할 일은 없어."

유코는 한창 대본 외우기에 열을 올리더니 갑자기 대본을 내팽개치며 말했다.

"아이참, 지루해! 뭐 재미있는 일 없나?"

요즘 젊은 사람들은 이렇다. 재미있는 일이 없냐고? 없으면 스스로 재미있는 일을 찾으면 될 텐데 그건 또 귀찮아서 싫다고 한다. 수사 1과에서도 업무를 젊은이들 식으로 처리한다면 참 좋겠다. 범인을 찾기는 귀찮으니 범인이 자수해 오기를 느긋하게 기다린다, 이렇게 말이다.

그때 카운터에서 여종업원이 나를 불렀다. 카페에 나를 찾는 전화가 온 모양이다.

"손님 중에 우노 씨 계신가요?"

내가 자리에서 일어나 카운터로 걸어가자 종업원이 수화기를 내밀면서 나를 수상쩍은 눈길로 쳐다봤다.

"여보세요, 전화 바꿨습니다. 뭐라고? 그래, 알았어. 금방 가지."

"사건이야?"

"응."

"살인 사건?"

"잘 모르겠어. 그럼 난 갈게."

"잘 모른다고? 오호. 난 잘 모르는 사건 아주 좋아해! 같이 가!"

유코는 눈을 반짝이며 일어났다.

"넌 연극 연습해야지."

"괜찮아. 연습은 경찰차 안에서 하면 돼."

"차 안에서는 제발 하지 마. 부탁이야."

카운터에서 계산을 마치자 여종업원이 말했다.

"저, 지금 연극 얘기하시는 거죠? 손님이 형사 역이라니 정말 안 어울려요."

"오쿠타마에 있는 계곡이라고? 너무 멀군."

"그러게요. 그래도 도쿄잖아요."

하라다는 능글맞게 웃으면서 말했다.

"나도 알아. 그나저나 사건 현장으로는 어울리지 않는 장소로군. 피해자는?"

"캠핑을 하고 있던 사람들 중 한 명이라고 합니다. 발견한 사람은 동료고요."

경찰차는 녹음이 짙은 산으로 둘러싸인 길을 달려 오쿠타마로 향했다. 산이 어찌나 아름다운지, 잘 만든 연극 무대의 배경 같다. 아직 초여름이지만 땀이 날 정도로 더웠다. 나는 바람을 쐬려고 창문을 열었다. 그러자 유코가 머리를 감싸며 비명을 질렀다.

"아저씨! 머리가 바람에 날려서 엉망이 됐잖아! 창문 좀 닫아."

"좀 더워서 그런데."

"8천 엔이나 주고 한 머리란 말이야."

나는 유코를 바라보며 잠시 눈을 껌벅껌벅했다. 아무리 봐도 유코의 머리는 그냥 어깨에 길게 늘어뜨린 모양이다.

"음. 파마한 거야?"

"당연하지. 안 하면 이렇게 자연스럽게 늘어지지 않아."

"그렇군. 여자 머리는 잘 몰라서."

유코는 한숨을 쉬었다.

"하여간 이래서 중년 남자는 싫다니까."

나는 못 들은 척하고 하라다에게 물었다.

"아까 무슨 사건인지 잘 모른다고 했었지? 뭘 모른다는 말이야?"

"나뭇가지에 목을 매달았다고 합니다만⋯⋯."

"그럼 자살한 거 아냐?"

"발견한 동료들도 자살이라고 생각해서 시체를 끌어내리려고 했답니다. 근데 누군가가 뭔가 이상하다는 말을 해서⋯⋯."

"뭐가 이상하다는 거지?"

"글쎄요. 거기까지는 듣지 못했습니다."

하라다의 이야기만 듣고는 어떻게 된 사건인지 도저히 갈피를 잡을 수가 없었다. 나는 사건 현장에 도착할 때까지 그 이상의 사전 정보를 얻지 못했다. 하라다는 큰 몸집에 어울리지 않게 호들갑을 떨며 유코와 수다를 떨었다. 사건 수사가 아니라 소풍이라도 온 사람 같다.

이윽고 경찰차가 오쿠타마의 산속으로 들어갔다. 깊은 계곡을 따라 좁은 길을 구불구불 달리다 보니 몇 대의 경찰차가 세워진 곳에 다다랐다. 그곳은 다른 곳보다 대지가 조금 높고 평평했다. 제복을 입은 경찰관들이 우리를 맞이했다.

"수사 1과 우노 경감이네."

"어서 오십시오. 안내해드리겠습니다."

경찰관의 뒤를 따라 좁은 산길을 약 20분간 걸었다. 도시보다 공기가 훨씬 상쾌했다. 우리는 자갈밭이 내려다보이는 학교 체육관 정도 넓이의 장소에 도착했다.

"저기가 현장입니다."

경찰관이 말했다.

강가의 자갈밭에는 네 개의 텐트가 띄엄띄엄 세워져 있고 가장자리에 열 명 정도의 사람들이 모여 있었다. 저기에 시체가 있다는 말인가.

"내려가는 길이 어딘가?"

"이쪽입니다. 조금 위험하니 조심하십시오."

내려가는 길은 '조금' 위험한 게 아니었다. 사람 한 명이 몸을 옆으로 해서 겨우 지나갈 만한 길이었다. 발을 헛디디기라도 한다면 그대로 10미터 밑으로 곤두박질칠 것이다. 죽지는 않을지 몰라도 다리 하나 정도는 부러지고도 남을 높이다. 유코는 사파리 재킷을 입고 밑창에 충격 방지용 스펀지가 달린 신발을 신고 있었다. 이런 길을 내려가기에 안성맞춤인 차림이었다. 유코는 마음이 편했을지 몰라도 나는 양복에 가죽 구두를 신고 있었는지라 미끄러질까 봐 바싹 긴장했다. 그 탓에 흘린 땀이 한 바가지는 될 성싶었다. 겨우 자갈밭에 내려서니 온몸이 땀에 젖어 흥건했다.

유코는 주위를 둘러보았다. 강가의 자갈들은 전부 젖어 있었다.

"여기 비가 왔나 보네요."

"골짜기라서 그렇습니다. 여기만 비가 왔는지 짙은 안개가 끼었습니다."

경찰관이 말했다.

"시체 좀 봅시다."

자갈밭을 가로질러 사건 현장으로 가니 관할 경찰서 형사들이 모여 있었다.

"언뜻 봐서는 단순 자살인 듯합니다만……."

50대 초반으로 보이는 최고령자 고토 형사가 말했다.

"일단 봅시다."

고무천을 들추니 시체가 모습을 드러냈다. 아직 20세가 될까 말까 한 젊은 여성이었다. 시체는 맨발에 가로로 글자가 쓰여 있는 티셔츠와 청바지 차림으로 비를 맞아 전신이 흠뻑 젖어 있었다. 목에는 목을 맨 자국이 선명했다. 잠시 후 고토 형사가 말했다.

"이 나뭇가지에 매달려 있었다고 합니다."

눈앞에 큰 나무가 있었다. 올려다보니 굵은 나뭇가지가 보였다.

"저 나뭇가지입니까?"

"그렇습니다."

유코는 나무에서 조금 떨어져서 중얼거렸다.

"3미터 정도는 되겠네."

그러고는 성큼성큼 시체 옆으로 다가가더니 시체의 양 손바닥을 들여다보고는 고개를 끄덕였다.

"역시 그랬군."

고토 형사는 유코를 보고 의아한 표정을 지었다. 나는 늘 하던 대로 유코를 조카라고 소개했다.

"죄송합니다. 수사에 방해는 되지 않도록 하겠습니다."

유코는 미소를 지으며 인사했다. 유코가 웃으면 상대는 경계심을 풀게 된다. 미인의 유리한 점이다. 고토 형사도 웃으며 말했다.

"제 딸아이와 같은 또래이시군요. 이런 시체를 봐도 아무렇지도 않으신가요?"

"이 녀석은 특이한 것을 좋아해서요. 호기심이 많아서 제가 좀 피곤합니다."

그 순간 유코가 내 등을 주먹으로 퍽 쳤다. 나는 욱 하고 신음 소리를 냈다.

"왜 그러십니까?"

고토 형사가 물었다.

"아닙니다. 별일 아닙니다."

"삼촌이 신경통을 앓고 있어서요. 가끔 이렇게 아파해요. 나이도 있으니까요."

유코가 시치미를 뚝 떼고 말했다. 나는 그녀에게 눈을 흘기고 고토 형사 쪽으로 얼굴을 돌렸다.

"이 죽은 아가씨는 학생입니까?"

"그렇습니다. 도쿄 M 여대 반더포겔부 학생입니다. 이번 주말을 이용해서 캠핑을 하러 왔다고 합니다."

"그럼 이 네 개의 텐트는 모두 그 대학에서 설치한 텐트입니까?"

"아닙니다. 각각 다른 대학의 텐트입니다만 모두 반더포겔부여서 합동 산행을 왔다고 합니다."

"누가 발견한 겁니까?"

"강가 가장 가까운 곳에 텐트를 친 S 대학의 미토라는 학생입니다. 새벽 여섯 시경에 발견했다고 합니다. 제일 먼저 잠을 깨서 밖에 나와보니 이 나뭇가지에 아가씨가 목매달려 있었다는 겁니다."

"이 학생의 이름은 뭐죠?"

"니시노 다에코입니다. M 여대 2학년입니다."

고토 형사는 수첩을 보면서 말했다.

"맨 먼저 발견한 미토라는 학생을 만나봅시다."

경찰관이 강가 가까이에 있는 텐트로 달려가 미토 다쓰오를 데리고 왔다. 나는 미토에게 시체를 발견했을 때의 상황을 다시 한 번 말해달라고 했다.

"시체를 발견하고 자네는 어떻게 했나?"

"저는 깜짝 놀라서 제 텐트로 돌아가 일단 다른 세 명을 깨웠습니다. 넷이 분담해서 다른 텐트에서 자고 있는 사람들을 깨우러 갔습니다."

"그렇군. 그다음에 바로 시체를 끌어내렸나?"

"아닙니다. 죽었다는 걸 알았기 때문에 한 명은 경찰에 신고를 하러 갔습니다. 다들 나무에서 멀찍이 떨어져서 마냥 서 있기만 했습니다. 그러다가 죽은 니시노와 같은 M 여대 학생들이 이대로 두는 게 너무 불쌍하다며 울기 시작했습니다. 그래서 이 모임의 리더인

W 대학 4학년 후카야가 시체를 끌어내리자고 했습니다."

"그래서 어떻게 했지?"

"후카야가 나무에 올라가서 칼로 로프를 끊었습니다. 밑에 있던 사람들은 바닥에 비닐 천을 깔아놓았고요."

미토는 비닐 천으로 덮어놓은 시체를 곁눈질로 보더니 몸을 부르르 떨었다.

"이상한 점이 있다고 했다던데 누가 한 말이죠?"

유코가 물었다.

미토는 조금 놀란 얼굴로 유코를 보고 대답했다.

"그건…… 후카야입니다. 시체를 보더니 이건 자살이 아니라고 말했습니다."

"그게 무슨 뜻인가요?"

"그건 저도 몰라요."

미토를 텐트로 돌려보내고 후카야라는 학생을 불렀다. 후카야가 소속된 W 대학의 텐트는 강에서 상당히 멀리 떨어진 곳에 있었다. 후카야는 키가 크고 미남형인 데다 머리가 좋아 보이는 젊은이였다.

"네. 제가 분명히 그렇게 말했습니다."

"그건 무슨 뜻이지? 왜 자살이 아니라고 생각했나?"

"니시노의 손이 깨끗했기 때문입니다."

후쿠야는 대답하고 '이제 알겠냐'라는 표정을 지었다. 나와 고토 형사가 얼굴을 마주 보자 유코가 말했다.

"3미터나 되는 높이의 나뭇가지에 목을 매달기 위해서는 도구가 필요해요. 받침대는 주변에 없으니 로프를 사용했겠죠. 로프를 가지고 나무에 올라가 나뭇가지에 앉은 후, 가지에 로프를 묶은 다음 목에 걸고 뛰어내린다. 자살하려면 이 방법밖에 없어요. 하지만 그녀의 손은 상처 하나 없이 깨끗해요. 그래서 니시노는 스스로 목을 매지 않았다는 겁니다."

"네. 말씀하신 대로입니다."

후카야는 유코를 바라보았다.

"이렇게 간단한 사실도 모르시면 곤란하죠."

유코가 비꼬듯이 말했다.

나는 헛기침을 했다.

"음, 그건 하나의 추정일 뿐이지. 부검을 하면 확실히 밝혀질 거야."

하지만 두 사람 다 내 말을 귀담아듣지 않는 모습이었다. 후카야는 유코에게 뜨거운 눈길을 보내고 있었다. 나는 대단히 불쾌했다. 유코도 저 멀대같이 키만 큰 녀석을 흥미로운 듯 바라보고 있었기 때문이다.

"우노 경감님."

하라다가 헐레벌떡 달려왔다.

"자네 어디 갔다 온 거야?"

"갔다 오다니요? 지금 내려온 겁니다. 그 좁은 길에서 오도 가도 못하고 고생 좀 했습니다."

"자갈밭으로 내려오는데 이렇게 시간이 많이 걸렸다는 건가?"

"네."

하라다는 태연하게 고개를 끄덕이고는 주위를 보면서 말했다.

"그래서 시체는 어디 있습니까?"

2

후카야라는 학생의 말로는 W 대학, S 대학, N 대학, M 여대 이렇게 네 개 대학의 반더포겔부가 여기에서 각자 자신들의 텐트를 쳤다고 한다. W 대학은 남자 3명과 여자 2명, N 대학은 남자만 4명, S 대학은 남녀 각 2명, M 여대는 당연히 여자만 4명, 총 17명이 캠핑을 왔다.

"캠핑장에는 어제 점심 무렵에 도착했습니다."

후카야가 말했다.

"각 대학별로 텐트를 쳤고 저녁에 바비큐 세트를 자갈밭으로 가지고 나와 파티 준비를 했습니다. 해가 진 뒤 먹고 마시고 노래를 하며 밤 아홉 시 무렵까지 즐겁게 놀았습니다. 그 후에는 정리를 끝내고 일단 각자 텐트로 돌아갔습니다."

"일단이라니 그다음은?"

"다음은 다들 적당히 알아서 시간을 보냈습니다. 다른 텐트에서 수다를 떨거나 카드놀이를 하기도 하고요. 각자 자유롭게 시간을 보냈기 때문에 무슨 일이 일어났는지 저도 모릅니다. 하지만 다음 날 등산을 가기로 했기 때문에 너무 늦게까지는 놀지 말고 일찍 자는 게 좋겠다고 했죠. 그래서 밤 열두 시에는 모두 자신들의 텐트로 돌아가 불을 껐습니다."

"그대로 잠을 잤나?"

"그렇습니다."

"그렇군. 죽은 니시노 다에코라는 아가씨와는 잘 아는 사이였나?"

"잘 알지는 못했습니다. 저는 합동 산행의 리더이기 때문에 모든 부원을 알고는 있습니다만 개인적인 친분이 있는 건 아닙니다."

"그렇군. 타살인지 자살인지를 떠나서 어젯밤 니시노의 모습에서 이상한 점은 없었나?"

"글쎄요……."

후카야는 잠시 생각에 잠겼다가 뭔가 떠올랐는지 이렇게 말했다.

"아, 그러고 보니 니시노는 맥주를 너무 많이 마셨는지 춤을 추다가 도중에 속이 안 좋다고 한 번 텐트로 돌아갔었습니다."

"혼자서 갔나?"

"글쎄요……. 누군가 같이 갔던 것 같은데 기억이 잘 안 납니다."

"그럼 우울해하거나 그런 일은 없었나 보군."

"네. 텐트를 칠 때 그쪽은 여자들뿐이라서 제가 도와주러 갔었습니다. 그때 니시노는 신나게 떠들고 있었습니다."

옆에서 듣고 있던 유코가 말했다.

"비가 언제 내렸는지 기억하세요?"

"아뇨. 기억나지 않습니다. 비가 왔는지도 몰랐습니다. 깊이 잠들어서요."

유코는 뭔가 골똘히 생각하며 고개를 끄덕였다. 나는 후카야를 돌려보내고 죽은 니시노 다에코의 학교인 M 여대의 나머지 세 명을 데려오라고 했다. 후카야는 돌아가려다가 유코 앞에 멈춰 서서 말했다.

"당신도 경찰인가요?"

"아니요. 전 당신과 같은 대학생입니다. 범죄학 현장 연구를 위해 온 거예요."

"그렇군요."

후카야는 안심한 듯 미소를 지었다.

"당신에게라면 조사를 받아보고 싶습니다."

나는 텐트로 돌아가는 후카야의 뒷모습을 노려보면서 말했다.

"저 녀석 수상해."

"저 사람이 왜?"

"바람둥이라고 얼굴에 쓰여 있어. 분명 니시노 다에코와의 관계가 뒤틀린 거야. 그래서 니시노를 죽이고 자살로 위장한 거지."

"당치도 않아. 그런 엉터리 추리가 말이 돼? 자살이 아니라고 말한 건 저 사람이야. 그리고 그런 짓을 할 사람은 더더욱 아니고. 바람둥이라니 말도 안 돼. 아, 됐어!"

유코는 나를 경멸하는 눈빛으로 쳐다보았다. 그때 경찰들이 M 여대 소속의 여학생들을 데리고 왔다. 모두 많이 울었는지 눈이 통통 부어 있었다. 세 사람의 증언은 후카야가 말한 내용과 거의 같았다.

"니시노의 상태가 좋지 않았을 때 텐트에 같이 간 사람은 누구지?"

내가 묻자 세 사람은 얼굴을 마주 보고 고개를 저었다. 기억이 나지 않는다고 했다. 그러다 후타쓰키 요시코라는 1학년 학생이 말을 꺼냈다.

"니시노가 잠깐 텐트에 들어갔다 나온 걸 보긴 했어요. 그 후에 또 같이 춤도 췄어요. 좀 안 좋아 보여 괜찮으냐고 물었더니 아무렇지도 않다고 태연하게 말했어요."

"그럼 잘 때는 다 같이 모여서 잤나?"

"네. 네 명이 모여서 열두 시 정각에 불을 껐어요. 후카야 씨가 그런 점에서는 아주 엄격한 사람이거든요."

"바로 잠이 들었나?"

"아뇨. 2~3분 정도 이런 저런 수다를 떨었습니다. 하지만 곧 잠이 들었어요."

"니시노 다에코가 밖으로 나가는 건 아무도 못 봤나?"

세 사람은 아무 말 없이 고개를 끄덕였다. 나는 니시노 다에코의 남자 친구에 대해서 물었으나 세 사람 모두 니시노에게 남자 친구가 있다는 이야기는 들어보지 못했다고 했다. 더 이상 물어볼 것도 없었다. 일단 부검 소견서에서 사인이 밝혀지면 조사를 더 진행하기로 했다. 세 여학생을 텐트로 돌려보낸 뒤 나는 유코의 모습이 보이지 않는다는 사실을 깨달았다. 주위를 둘러보니 유코는 강 쪽으로 돌출된 평평하고 커다란 바위 위에 서 있었다. 그것도 후카야라는 학생과 나란히.

"자네!"

나는 가까이 다가가서 말을 걸었다.

"일단 조사는 이걸로 끝내겠네. 자네들은 캠핑을 중지할 거지?"

"물론이죠. 이런 일이 생겼는데요."

"그럼 학생 전원의 주소와 이름을 작성해주게. 나중에 다시 이야기를 듣겠네."

"알겠습니다."

후카야는 고개를 끄덕이더니 유코에게 말했다.

"그럼 내일 봐요."

그는 바위에서 가볍게 자갈밭으로 뛰어내리더니 종종걸음으로 멀어져 갔다.

"내일이라니?"

"저 사람 연극부 활동도 하더라고. 그래서 내일 내가 하는 연극 무대 연습을 보러 오라고 했지."

"그랬군. 생긴 걸 보면 무대에 서길 좋아할 것 같긴 해."

"작년 문화제에서 햄릿 역을 맡았대. 검은 타이즈를 입은 모습이 얼마나 멋졌을까."

유코는 황홀한 표정으로 말했다.

"근데 아저씨는 이제부터 뭐 해?"

"검시관이 올 때 까지 기다려야지. 오면 현장 정리한 다음에 본부에 들어가 봐야 되고."

"그렇게 해. 그럼 난 잠깐 후카야 씨한테 텐트 안을 보여달라고 할게."

유코는 가벼운 발걸음으로 텐트를 향해 걸어갔다. 걸어가는 유코의 뒷모습을 보자 나는 기운이 쭉 빠졌다. 또래끼리가 더 잘 어울리려나. 바위 끝에 서서 강물을 내려다보았다. 흐르는 속도가 굉장히 빨랐다. 강물은 군데군데 머리를 내민 바위에 부딪혀 하얀 물보라를 일으켰다.

"유코가 저러는 것도 무리는 아니지. 나 같은 40대 남자와 젊고 똑똑한 스물두 살의 남자는 상대가 안 되니까."

질투가 아니라고 하면 거짓말이겠지만 나는 나이를 허투루 먹지도 않았다. 유코가 자신에게 어울리는 연인을 만드는 데 방해를 하면 안 된다고 나 자신을 타일렀다. 유코도 이렇게 바쁘고 멋없는 남자는 금방 질릴 게 뻔하다.

"유코가 그에게 간다고 하면 나는 깨끗이 물러나겠어."

나는 혼자 중얼거렸다.

"우노 경감님."

뒤를 돌아보니 하라다가 멀뚱한 표정으로 서 있다.

"무슨 일이야?"

"괜찮으신가요?"

"뭐가?"

"당장 투신자살이라도 하려는 사람 같아서요."

다음 날 오후, 유코가 불쑥 경시청에 나타났다.

"왜 왔어? 학교는 어쩌고?"

"저녁에 가면 돼. 무대 연습이 그때 있거든."

유코는 느긋한 표정이었다.

"아저씨, 부검 결과는 나왔어?"

"목을 매달아 자살을 했다고 나왔어."

"하지만 스스로 목을 맸을 리는 없는걸."

"나도 알아. 다른 누군가 매달았을지도 모르지. 그렇다면 죽는 쪽이 얌전히 있지는 않았을 거야. 저항하고 날뛰었을 텐데 그런 흔적은 없어."

"먼저 목을 졸라서 죽인 다음에 자살로 보이게 꾸몄을지도 몰라."

"그랬다면 부검 소견서에 그런 내용이 있었겠지."

"그래도 마음에 걸리는 게 있어."

유코는 평소와 마찬가지로 애매한 말을 꺼냈다.

"어제 조사하지 않은 학생들을 지금 불렀어. 너도 같이 갈래?"

"응? 아니야. 난 괜찮아. 뭔가 밝혀지면 알려줘."

유코는 나와 같이 갈 마음이 없는 듯했다.

"어디 가려고?"

"후카야를 만나서 무대 연습 전에 대사 연습을 하려고 해. 그가 상대 역할을 해준다고 해서."

"좋은 생각이군. 그럼 열심히 해."

"고마워. 그럼 담에 또 만나."

유코는 손을 흔들며 돌아갔다. 유코의 뒷모습을 보니 가슴이 죄어오듯 아팠다. 하라다가 어슬렁어슬렁 다가왔다.

"경감님, 준비되셨습니까?"

"음, 가지."

업무만 생각하자. 나는 마음을 가다듬고 자리에서 일어났다.

각 대학의 학생들을 작은 방으로 불러 사건 당시의 이야기를 듣고 있노라니 대학 입시의 면접관이라도 된 기분이었다. 그들의 진술은 한결같았다. 어제 후카야나 M 여대 학생들에게 들은 이야기를 재확인하는 정도로 성과는 없었다. 내심 새로운 정보라도 나올까 기대했는데 허탈감이 밀려들었다.

마지막으로 N 대학 남학생 네 명이 들어왔다. 남자들로만 구성된 팀이었다.

"니시노 다에코의 몸 상태가 좋지 않았을 때 니시노를 텐트까지 데려다 준 사람이 이 중에 있습니까?"

잠시 서로의 눈치를 보다가 한 학생이 조심스럽게 대답했다.

"접니다. 제가 데려다줬습니다."

"학생 이름이 마부치 이쿠오, 1학년 맞습니까?"

"네, 맞습니다. 우연히 같이 춤을 추었는데 도중에 니시노가 몸이 안 좋다고 해서 텐트까지 데려다 주었습니다."

아직 소년티를 벗지 못한 소심해 보이는 열아홉 살 청년이었다.

"니시노를 텐트에 눕히고 돌아왔나요?"

"네. 당연하죠. 니시노도 잠시 쉬고 나서 몸 상태가 좋아졌는지 다시 돌아왔습니다."

"자살 동기가 될 만한 말을 듣지는 못했습니까?"

"모릅니다. 아무것도 듣지 못했습니다! 정말입니다!"

마부치는 갑자기 당황한 듯 소리를 질렀다. 어딘가 수상쩍다. 사건과 관련된 무언가를 알지도 모른다는 생각이 들었다. 하지만 선배들 앞에서는 말하기 어려울 터였다. 나는 일단 네 사람에게 말했다.

"조사는 이쯤에서 마치겠습니다. 다들 돌아가도 좋아요."

나는 학생들이 나갈 때 마부치를 불러 세웠다.

"저, 마부치 군. 오늘 진술해준 이야기는 속기로 기록해두었어. 미안하지만 이 속기를 확인하고 사인을 해주게. 번거롭겠지만 절차라는 게 있어서 말이야. 잠시만 앉게."

다른 세 학생이 나가자 나는 방문을 닫고 천천히 책상을 돌아 그의 앞에 섰다.

"그럼 이야기를 들어볼까?"

"네? 이야기라뇨?"

"이제 선배들도 없어. 숨기지 않아도 돼. 아는 사실이 있으면 전부 털어놔."

마부치는 정말 아무것도 모른다고 작은 소리로 중얼거리다가 잠시 후 자포자기한 표정으로 입을 열었다.

"알겠습니다. 하지만 선배들한테는 아무 말도 하지 마세요."

"알았어. 안심하게."

"저는 니시노를 데리고 텐트 안으로 들어갔습니다. 그런데 니시노가 갑자기 저한테 입을 맞추었어요. 저는 놀라서 몸이 안 좋은 게 아니냐고 물어봤습니다. 그녀는 깔깔 웃으며 제가 귀여워서 키스해보고 싶었다고 했습니다. 그러고는 여기서 몸을 섞어보지 않겠냐고 말했습니다. 제가 놀라서 다른 학생들이 언제 올지 모른다고 하자 그래서 더 스릴 있고 재밌는 것 아니냐며 웃으며 말하더군요. 제가 계속 머뭇거렸더니 사람들이 잠든 후에 담요를 들고 강가 바위 뒤쪽에 가 있을 테니 저보고 나오라고 했습니다. 그 말을 듣고 저는 텐트에서 황급히 도망쳤습니다. 그것뿐입니다."

"그래서 자네는 그날 밤에 강가로 나갔나?"

마부치는 고개를 흔들며 강하게 부정했다.

"말도 안 됩니다. 가지 않았습니다! 정말입니다!"

"그럼 그 시간엔 잠을 잤다는 말인가?"

"네. 사실은 가볼까도 생각해봤지만……."

마부치는 눈을 내리깔았다.

"저는 술이 약하거든요. 그날은 완전히 취해서 깊이 잠들었습니다. 다음 날 아침에 누가 저를 깨워주지 않았으면 일어나지도 못했을 겁니다."

거짓말을 할 아이 같지는 않았다.

"선배들한테는 아무 말도 안 하겠네. 자네 나이가 열아홉 맞나?"

나는 마부치의 어깨를 툭 치며 말했다.

"네. 맞습니다."

"술 많이 마시고 다니지 말게."

마부치는 머리를 긁적이며 방을 나갔다.

"경감님, 정말 자살일까요?"

하라다가 물었다.

나는 말없이 고개를 저었다. 유코가 지적한 것처럼, 니시노 다에코가 스스로 나무에 올라가 목을 맸다고 보기에는 미심쩍은 부분들이 있다. 그렇다고 타살이라 단정 짓기도 어렵다. 상황을 보면 자살의 가능성도 없지는 않다. 자살 직전의 사람이라고 모두 금방 죽을 것 같은 모습을 보이지는 않는다. 이왕 죽기로 한 거 한바탕 쾌락에 몸을 던지고 싶은 생각이 들 수도 있다. 그런 마음으로 마부치를 유혹했을지도 모른다. 그렇다면 도대체 동기는 무엇일까. 하긴 요즘 젊은이들은 딱히 이유가 있어 자살하는 것만은 아니니까.

현재로서는 그녀가 어떻게 팔다리에 상처 하나 없이 나뭇가지로 올라갔는지를 입증하기만 하면 자살로 처리될 것이다.

"하라다."

"네, 경감님."

"여경 한 사람 불러주게. 가급적 체격이 작은 사람으로."

하라다는 멍한 표정을 지었다.

"어떻게 하시려고요?"

"그건 네가 알 바 없으니까 빨리 움직여!"

"알겠습니다. 그런데 저기⋯⋯."

"또 뭐야?"

"유코 씨와 닮은 사람이 좋으시겠습니까?"

3

그날 밤 나는 유코가 다니는 T 대학에 찾아갔다. 강당에 들어서자 조명이 무대를 비추고 있었다. 강당 안에는 열 명 정도의 사람들이 분주하게 움직이고 있었다.

"아니야, 아니야! 책상 오른쪽에 서면 안 된다고 했잖아! 왼쪽으로 서! 왼쪽으로!"

예술가 분위기가 물씬 풍기는 긴 머리 청년이 무대 위의 여학생을 야단쳤다. 이번 공연의 연출자인가 보다.

"어느 쪽에 서느냐가 중요한 게 아니잖아요!"

야단맞은 여학생이 말했다. 하지만 연출가도 자신의 주장을 굽히지 않았다.

"아냐. 왼쪽에 서야 해. 왼쪽에 서서 그녀가 좌익 사상을 가졌다는 사실을 표현해야 하니까!"

나도 모르게 웃음이 터져 나왔다. 그런 세세한 부분까지 생각하면서 보는 관객이 있을 리가 있나.

"여기서 지금 뭐 해?"

뒤에서 여자 목소리가 났다. 돌아보니 기모노를 입은 품위 있는 여인이 서 있었다.

"유코! 정말 유코 맞아?"

예상치도 못한 그녀의 모습에 나도 모르게 큰 소리를 냈다.

"그렇게 촌스럽게 굴지 좀 마. 아저씨."

"정말 놀랍군. 여자는 요물이라더니. 아니, 요괴야!"

"무슨 소리야? 이번에 마흔다섯 먹은 유부녀 역할을 맡았잖아. 설마 내가 청바지 입고 연기할 줄 알았던 거야?"

"아니, 그건 아니지만……."

나는 유코를 천천히 훑어보았다.

"그럴듯하네. 잘 어울려."

"그래 보여? 호호호."

유코는 대사할 때의 톤으로 대답했다. 아직 연기는 멀었다.

"사건은 어떻게 됐어? 뭔가 좀 알아낸 거야?"

유코의 목소리가 다시 평상시의 톤으로 돌아왔다.

"응. 별일 아니긴 하지만……."

나는 N 대학의 마부치가 했던 말을 전했다.

"있을 법한 이야기네. 아, 그 전에 물어보려 했는데 잊었다. 혹시 부검에서 니시노는 성 경험이 있다고 나왔어?"

"응. 부검 결과 있었어. 임신은 하지 않았지만 말이야."

"그렇군. 로프에 대해서는 뭔가 밝혀졌어?"

"목을 맨 로프 말이야? 로프로 사건의 실마리를 찾기는 어려워. 캠핑을 간 네 대학 모두 같은 가게에서 똑같은 로프를 구입했거든. 그들이 사용한 로프가 몇 개인지도 확실치 않아. 어떤 텐트에서 가져온 로프인지도 밝혀내기 힘들어."

나는 잠시 후에 말했다.

"내가 말이야, 실험을 하러 현장에 가봤어."

"무슨 실험?"

"나무에 올라갈 때 손에 상처가 나는지 알아보기 위한 실험."

"뭐? 아저씨가 직접 올라갔어?"

"내가 아니라 니시노 다에코와 몸집이 비슷한 여경이 올라갔어."

"그래서 어떻게 됐어?"

"피부가 많이 까졌어."

"당연하지. 그 여경분 참 안됐다."

"그런 식으로 말하지 마."

"그래도 뭐, 그 재연 덕에 수사에 진척이 있는 거네. 잘했어."

"인정해주니 고맙군."

누가 경감이고 누가 학생인지 모르겠다.

"그 잘생긴 W 대 학생은 어디 있어?"

"후카야? 좀 전까지 연습 봐주고 나서 아르바이트하러 갔어. 손재주가 있는 사람이야. 이 기모노도 후카야가 입혀줬어."

"뭐라고?"

나는 기가 막혔다.

"아무도 입는 방법을 모르더라고. 나 혼자서 입지는 못하겠고 어떡하면 좋을지 발을 동동 구르고 있었거든. 다행히 후카야의 부모님이 기모노 옷감을 파는 포목점을 하고 계셔서 기모노 입는 방법을 안다는 거야. 그래서 가까운 호텔에 가서 입혀주었지."

"뭐? 호텔에서?"

"학교 안에는 다다미를 깐 방이 없잖아. 교실 바닥은 더러워서 기모노를 더럽힐지도 모르니까 호텔로 간 거야."

소형 믹서가 가슴속에서 마구 도는 것만 같았다. 나는 화가 치밀어 견딜 수 없었지만 필사적으로 감정을 억눌렀다. 기모노를 입히려면 그 전에 입고 있는 옷을 전부 벗어야 한다. 청바지 위에 기모노를 입지는 않았을 게 아닌가. 그렇다면⋯⋯.

그때 무대에서 목소리가 들렸다.

"나가이 유코 씨, 나오세요."

"아, 내 차례다. 잘 봐, 아저씨."

유코는 옷차림과 어울리지 않는 걸음걸이로 무대 쪽으로 달려갔다.

나는 무대와 가까운 자리에 앉아 깊은 한숨을 내쉬었다. 내가 드디어 물러나야 할 때가 왔나 보다.

"노병은 죽지 않는다. 다만 사라질 뿐."

무대 위에서는 내가 유코와 카페에서 연습하던 장면이 나오고 있었다.

"우린 나이 차가 너무 많이 나."

유코가 주인공의 손을 뿌리치려 했다.

무대 위 두 사람의 머리 위에 종이를 가늘게 잘라 만든 눈이 하늘하늘 내려왔다. 눈 내리는 설정은 당연히 카페에서는 생략했던 부분이었다.

"안 돼."

유코가 주인공의 손을 뿌리쳤다.

"안녕, 고이치 씨."

그러고는 무대 한쪽으로 뛰어 들어갔다.

'고이치 씨'가 마치 내 이름인 '교이치 씨'라고 들렸다. 무대 위에서는 쓸쓸히 서 있는 주인공에게 눈보라가 더 강하게 휘몰아쳤다.

"우노 형사님, 우노 형사님 계십니까?"

그때 공연장에 엄청나게 큰 목소리가 울려 퍼졌다. 모두 놀라서 뒤를 돌아보았다. 위에서 눈을 뿌리던 녀석들도 놀랐는지 바구니를 떨어트리고 말았다.

"앗!"

바구니가 떨어지자 바로 밑에 있던 주인공 머리 위로 눈이 쏟아졌다. 불쌍한 주인공은 순식간에 백발노인으로 변했다. 이건 마치 우라시마 타로일본의 전설 속 인물. 거북이를 살려준 주인공이 상자를 절대 열지 말라는 약속을 어긴 순간 백발노인이 되었다고 한다 이야기 같다. 하라다가 객석 사이를 달려왔다.

"우노 경감님, 다행입니다. 여기 계셨군요."

"도대체 무슨 일이야?"

"그게 말입니다."

하라다는 하려던 말을 멈추고 입을 벌린 채 기모노를 입은 유코를 넋을 잃고 바라보았다.

"대체 무슨 일이냐고 묻잖아!"

내가 버럭 화를 내자 하라다는 정신을 차렸다.

"네. 지난번에 조사한 대학생 말입니다."

"대학생 누구?"

"오, 몰라볼 정도로 아름다우십니다. 넋이 나갈 정도입니다."

내 질문엔 대답도 않고 하라다는 유코를 보고 감탄사를 연발했다.

"이봐, 정신 차리지 못해!"

"아, 네. 그게 말이죠, N 대학 마부치라는 학생이 교통사고를 당했습니다."

"뭐라고?"

"죽었나요?"

유코가 물었다.

"현재 의식불명 상태입니다."

"사고 차량은 발견했나?"

"아직 발견하지 못했습니다."

나와 유코는 서로 쳐다보았다. 우연인가. 누군가가 사건을 은폐하기 위해 고의로 낸 사고인가.

"어쨌든 현장에 가보자."

"나도 따라갈게."

유코가 말했다.

"무대 연습은 어떡하고?"

"괜찮아. 어차피 중요한 역할도 아닌걸, 뭐."

"그래도 지금 그러고 가도 돼? 기모노 차림으로?"

"왜? 뭐가 잘못됐어?"

"아니, 그런 건 아니지만……."

"그럼 빨리 가자, 얼른."

유코는 나를 앞질러 걸어갔다. 기모노 옷자락을 날리며 걸어가는 모습이 씩씩했다. 역시 젊은 여성에게 기모노는 어울리지 않는다.

"이보세요. 연습을 방해하시면 곤란합니다."

긴 머리 연출가가 다가와서 불평했다.

"관계자 이외의 분들은 나가주세요!"

"알겠다니까요."

하라다가 히죽거리며 연출가 옆구리를 장난스럽게 쿡 찔렀다. 호리호리한 연출가는 그만 뒷걸음질 치다 통로에 엉덩방아를 찧었다. 하라다는 후다닥 강당을 나왔다.

"머리랑 다리가 길면 안정감이 떨어지나 보죠?"

하라다가 진지한 표정으로 고개를 갸우뚱거렸다.

병원 복도 의자에 앉아 있던 여자는 눈물범벅이 된 얼굴을 들었다.

"아니, 당신은……."

여자는 죽은 니시노 다에코와 같은 텐트를 썼던 후타쓰키 요시코였다.

"당신이 마부치 군이 차에 치였을 때 같이 있었나요?"

후타쓰키는 고개를 끄덕였다.

"그랬군. 사고라니 끔찍한 일이야. 그때의 상황을 말해주겠나?"

"저희는 학교 수업이 끝나고 만났어요. 춤추러 가자는 이야기가 나와서 늘 가던 클럽에 가려고 지름길로 함께 갔지요. 그곳은 밤이 되면 사람이 거의 다니지 않는 조용한 길이에요. 서두를 필요가 없었기 때문에 산책하는 기분으로 천천히 걸었어요. 사람이 아무도 없어서 마부치는 저한테 입을 맞추었어요. 길 한가운데서 저희 둘은 끌어안고 있었죠. 그런데 갑자기 자동차 헤드라이트가 저희를 비췄어요. 그가 위험하다면서 저를 밀쳤죠. 정신을 차리고 일어나보니 그는 쓰러져 있었고 차는 이미 가버린 후였어요."

"그 차를 잘 봐두었나? 어떤 차인지 기억나나?"

후타쓰키는 힘없이 고개를 저었다.

"아니요. 저는 그가 밀쳐서 넘어졌다가 겨우 일어났거든요. 어두워서 제대로 보지 못했어요. 차라리 제가 대신 치였다면 좋았을 텐데……."

후타쓰키는 울음을 터뜨렸다.

"진정하게."

나는 후타쓰키의 어깨를 토닥여주었다.

"후타쓰키 씨, 뭐 하나 물어봐도 될까요?"

유코가 다정하게 말을 걸었다.

"후타쓰키 씨와 마부치 씨는 오래 전부터 연인 사이였나요?"

그녀는 조금 당황했지만 말없이 끄덕였다.

"6개월 정도 사귀었어요."

"계곡에서 캠핑을 한 사람들은 두 사람이 커플인 줄 알고 있었나요?"

"아니요. 비밀로 했어요."

"비밀로 한 특별한 이유라도 있나요?"

"교제 중인 남녀는 함께 캠핑에 가지 못해요. 혹시라도 문제가 생기면 안 되기 때문이죠. 그런 규칙이 있어요."

"그래서 같이 텐트를 쓴 학생들한테도 말하지 않았군요."

"네."

"누군가 눈치챈 사람은 없었나요?"

후타쓰키는 우물쭈물했다. 내가 끼어들려 하자 유코가 나를 막았다.

"말해주세요. 말하기 어려워도 하셔야 해요."

후타쓰키는 여전히 아무 말도 하지 않았다.

"니시노 씨는 알고 있었죠?"

"그걸 어떻게 아셨어요?"

후타쓰키는 크게 놀라며 말했다.

"니시노 씨와 후타쓰키 씨 두 분은 마부치를 사이에 두고 사이가 안 좋았죠?"

"네. 죽은 사람에 대해 나쁘게 말하고 싶지는 않지만 니시노는 항상 자기 멋대로 행동했어요. 모든 일이 자기 뜻대로 되어야 직성이 풀리는 성격이었죠. 니시노는 원래 저와 사귀던 마부치를 빼앗으려 했다고요! 하지만 마부치는 교제를 거부했고 니시노는 심하게 화를 냈어요."

그랬군. 그래서 니시노는 몸 상태가 안 좋다면서 마부치를 유혹하려 한 것이었군. 나는 후타쓰키에게 그 말은 하지 않으려 했다. 그런데 유코가 말해버렸다.

"니시노 씨가 어젯밤 마부치 씨를 유혹했던 거 아세요?"

"네? 전 몰랐어요."

후타쓰키의 눈이 휘둥그레졌다. 나는 그녀에게 자세히 설명했다.

"니시노…… 그런 더러운 짓을……."

"니시노 씨는 마부치 씨보고 한밤중에 만나자고 했습니다. 마부치 씨는 만나러 갔을 가능성이 있습니까?"

"가지 않았어요! 왜냐하면……."

말을 하다가 갑자기 멈추었다.

유코는 후타쓰키의 표정을 살폈다.

"그때 그는 당신과 같이 있었기 때문이죠? 아닌가요?"

후타쓰키는 고개를 돌렸다.

"숨기실 필요 없어요. 그랬던 거죠?"

유코가 재촉하자 후타쓰키는 천천히 고개를 끄덕였다.

"네. 하지만 이건 후카야 씨한테 말하지 말아주세요. 저희 대학에서 반더포겔부가 없어질지도 몰라요."

"말하지 않을 테니 안심하세요."

유코는 미소를 지으며 고개를 끄덕였다.

"두 사람은 몇 시에 만났죠?"

"정확한 시간은 기억나지 않아요. 새벽 한 시나 두 시쯤이었을 거예요. 모두 잠들기를 기다렸어요."

"어디서 만났나요?"

"강가 자갈밭 안쪽 수풀이 우거진 곳에서요."

"마부치 씨는 미리 와 있었나요?"

"네. 평소에도 제가 약속 시간에 한 시간 가까이 늦어도 '괜찮아. 나도 방금 왔어'라고 말해주었던 사람인걸요."

후타쓰키는 흐느껴 울기 시작했다.

"당신이 텐트 밖으로 나왔을 때 니시노 씨는 아직 안에 있었나요?"

"네. 안에 있었어요. 저는 계속 깨어 있었기 때문에 니시노가 밖으로 나갔다면 금방 알았을 거예요."

그렇다면 니시노는 후타쓰키가 나간 뒤에 텐트 밖으로 나온 셈이다. 니시노는 강가 바위 그늘 뒤로 갔지만 마부치는 그곳에 나오지 않았다. 후타쓰키와 강가 자갈밭 수풀 속에서 밀회 중이었으니까. 어쩌면 니시노를 죽인 범인은 그곳에서 니시노를 기다리고 있었던 게 아닐까. 파티 도중 몸이 안 좋다는 니시노를 마부치가 부축해 데려가는 걸 범인이 보고 미행했을 수도 있다. 그리고 텐트 안에서 니시노가 마부치에게 '모두 잠들면 강가에 있는 바위 그늘 뒤로 오라'고 한 말을 엿듣고는 약속 장소로 가서 기다리고 있었을 가능성이 있다. 두 사람이 오면 깜짝 놀라게 해 장난이나 칠 요량이었을 것이다. 하지만 니시노는 혼자 왔고 마부치는 올 기미가 보이지 않으니, 자신이 마부치를 대신할 생각이 들어 그녀 앞에 모습을 드러낸 게 아닐까? 니시노의 성질이 보통이 아니었다고 하니 분명 화를 냈을 것이다. 자신에게 이상한 짓을 하려고 했다고 후카야에게 말하겠다며 시끄럽게 소리를 질렀을지도 모른다. 범인은 당황한 나머지 입을 막으려고 다투다가 니시노의 목을 졸라 살해하고 만다. 그녀가 죽자 자살로 꾸미기 위해 나뭇가지에 로프를 걸어 매단 게 아닐까.

유코는 계속해서 후타쓰키에게 물었다.

"두 사람은 얼마나 오래 같이 있었나요?"

"두 시간 정도였던 것 같아요."

"그러면 세 시나 네 시까지 같이 있었겠군요. 텐트로 돌아왔을 때 밖은 아직 어두웠나요?"

"네. 물론이에요."

"그럼 니시노 씨가 나무에 목을 매고 있었다 해도 보이지 않았겠군요."

"네! 만약에 보였다면 그냥 내버려두지 않았을 거예요."

"텐트로 돌아왔을 때 아무도 일어나 있지 않았나요?"

"네. 아마도요. 하지만 텐트 안이 너무 깜깜했기 때문에 확실하진 않아요."

유코는 나를 쳐다보며 물었다.

"니시노 다에코의 사망 추정 시각은 언제랬지?"

"말했잖아. 밤 열두 시부터 세 시 사이라니까."

유코는 잠시 생각에 빠졌다. 마침내 뭔가 떠오른 듯 물었다.

"저기, 후타쓰키 씨. 마부치 씨와 만났을 때 비가 내렸나요?"

"아뇨."

"확실한가요?"

"네. 왜냐하면 우리는……."

그녀는 도중에 말을 멈추었다.

"아무리 사랑을 나누는 중이었더라도 비가 오는지는 알았겠죠."

유코의 말에 후타쓰키는 말없이 고개를 끄덕였다.

"그럼 비가 내린 시각은 동이 트기 직전이겠군요. 후타쓰키 씨가 텐트로 돌아간 시간이 세 시 반이라 쳐도 그때는 비가 오지 않았어요. 시체가 비에 젖은 채로 발견된 시간은 여섯 시경이에요. 그땐 이미 비가 그쳤어요."

"네. 그럴 겁니다."

"비가 온 건 아셨나요?"

"아뇨. 텐트로 돌아와서 바로 잠이 들었거든요."

"그렇군요."

유코는 아주 난처한 표정으로 고개를 저었다. 그때 젊은 의사가 우리에게 다가왔다.

"다행히 생명에는 지장이 없습니다."

"네? 정말요? 하느님, 감사합니다!"

후타쓰키가 숨을 크게 내쉬며 양손으로 얼굴을 감쌌다.

"선생님, 심문이 가능한 상태입니까?"

"아뇨. 아직 의식은 돌아오지 않았습니다. 앞으로 24시간 동안은 절대 안정을 취해야 합니다."

"심문이 가능한 상태가 되면 저한테 연락주십시오."

"알겠습니다."

병원을 나오면서 나는 조금 전에 했던 생각을 유코에게 말했다.

"흠, 아무래도 이상하단 말이야. 로프로 목을 졸랐다면 계획된 범행이라는 건데……."

"부검 결과 손으로 목을 조른 건 아니었지?"

"맞아. 바로 그 부분이 마음에 걸려. 손으로 목을 졸랐다면 손자국이 남았을 텐데. 근데 너는 아까부터 무슨 생각을 그리하는 거야? 맘에 걸리는 거라도 있어?"

"비."

"비가 왜?"

"상당히 짧은 시간 동안 비가 내렸다는 생각이 들어서 말이야."

"산에 내리는 비는 원래 그래. 국지적으로 내린 다음 금방 그치지. 그리고 비가 아니라 안개에 젖었는지도 몰라."

"안개가 시체를 흠뻑 적셨다고? 자갈 사이에도 물이 꽤 많이 고여 있었어. 비가 확실해."

"그게 무슨 관계가 있는 거야?"

"있지."

이번에도 유코는 자신 있게 말했다.

"어라, 지금 저 차에서 내리는 세 사람……."

병원 문 앞에 빨간색 스포츠카가 멈추더니 세 명의 젊은이가 내렸다. 마부치와 같은 N 대학 반더포겔 부원들이었다. 마부치가 사고를 당했다는 소식을 듣고 온 모양이었다. 세 사람은 서둘러 병원 안으로 들어갔다. 병문안도 다 오고 꽤나 좋은 선배들이군.

"그럼 우린 저녁이나 먹으러 갈까?"

내가 말했다.

"벌써 여덟 시 반이 넘었네. 나는 이만 가봐야겠어."

"학교로 갈려고?"

"아니. 후카야랑 아홉 시에 식사하기로 약속했거든."

"그렇구나."

"아저씨, 그럼 또 봐."

유코는 마침 지나가던 택시를 타고 가버렸다. 나는 그녀가 떠나가는 모습을 쓸쓸하게 바라보았다. 뺨에 차가운 무언가가 떨어졌다. 갑자기 비가 주룩주룩 내렸다.

"엎친 데 덮친 꼴이군."

경찰차로 돌아가려 했으나 지금 기분에는 비를 맞으며 걷는 것이 낫겠다는 생각이 들었다. 누군가의 시 한 구절이 떠올랐다. '거리에 비가 내리는 듯 내 마음에도 비가 내린다'.

"우노 경감님!"

천천히 걸어가려는데 하라다의 요란한 목소리가 들렸다.

"옷이 다 젖어요. 차 안 타세요?"

정말이지 감수성이라곤 눈곱만큼도 없는 놈이다.

4

어제도 비가 그렇게 오더니 또 비가 오려고 하나. 오늘은 무지 덥다. T 대학 강당 로비는 학생들로 가득했다. 로비에서 어슬렁거리고 있던 나를 유코가 발견하고 다가왔다. 오늘도 기모노 차림에다 무대용으로 약간 진하게 화장까지 했다. 그 모습이 한층 더 요염해 보였다.

"아저씨, 어서 와."

"업무 때문에 간다고 하고 빠져나왔어. 북적북적하군."

"그럼. 인기 스타가 게스트로 출연하니까."

"인기 스타가 와? 누군데?"

"누구긴 누구야. 당연히 나 아니겠어?"

유코는 킥킥 웃었다.

"그건 그렇고 마부치 씨를 친 차량은 알아냈어?"

"아니, 아직. 혹시나 해서 캠핑 갔던 녀석들의 차를 전부 확인해봤지만 모두 아니었어."

"그렇구나. 그럼 그 사고는 우연이려나?"

"하나 잊은 게 있어. 그 녀석들 중에 손에 긁힌 상처가 있는 사람이 있는지 조사했어야 했는데."

"나도 그 생각을 하긴 했는데 그럴 필요 없어."

"왜?"

"만약 상처가 있다 해도 나무에 올라갔을 때 생겼다는 증거는 없지. 캠핑 가면 그런 상처는 많이 생기니까. 그리고 로프를 그렇게 용의주도하게 준비해놓을 정도라면 장갑을 꼈을 거야."

"듣고 보니 그렇군. 아, 맞다! 부검 결과 좀 이상한 점을 알아냈어."

"어떤 점인데?"

"니시노의 폐에 물이 조금 차 있었어."

"그럼 사인이 익사야?"

"아니, 익사는 아니야. 목이 졸려 질식사한 게 맞아. 다만 폐에 물이 찼다는 게 이상해. 죽이고 나서 강물에 담가둔 건가?"

"그렇게까지 할 이유가 있나?"

"음…… 비가 오기 전 자살한 것처럼 꾸민 게 아닐까? 자살로 가장했지만 불안한 마음에 시신을 물에 담가 꼭 비에 젖은 것처럼 말이야."

"그럼 실제로는 비가 그친 후에 살해했다는 거야? 그렇다면 알리바이를 만들려고 한 건데."

"그렇지."

"그렇다면 비가 내린 시간을 정확히 파악해야 해. 아무도 언제 비가 내렸는지 말하지 않았어. 다들 자고 있어서 모른다고만 하잖아. 이런 상태에서 알리바이는 성립되지 않아."

"그건 그래."

"무언가 실마리가 잡힐 것도 같은데……."

유코는 잠시 또 골똘히 생각했다.

"앗! 벌써 연극 시작할 시간이다. 아저씨, 나중에 봐."

유코는 서둘러 자리를 떴다. 나는 객석 입구 쪽으로 나갔다.

"형사님!"

나를 부르는 목소리가 들렸다. 고개를 돌려보니 지난번 사건 현장에서 본 W 대학의 잘생긴 청년 후카야였다.

"아, 자네군."

"연극을 같이 보시겠습니까?"

"그러지."

우리는 적당히 빈 좌석을 찾아 앉았다. 나는 아무렇지도 않은 척 연극 팸플릿을 훑어보았다. 머지않아 유코의 입에서 헤어지자는 말이 나오겠지. 그녀가 말을 꺼내기 쉽게 내가 먼저 자리를 만들어야 한다. 이런 배려는 한 살이라도 더 나이 먹은 사람이 하는 게 맞다. 이런 내 생각을 아는지 모르는지 옆에 앉은 후카야가 말을 걸었다.

"어제 유코 씨한테 고백을 했습니다."

나는 화들짝 놀랐다.

"아, 그래?"

"깨끗하게 거절하더군요. 친구로 만나는 건 좋지만 내 애인은 우노 형사님 한 사람뿐이라고 하면서요."

그는 미소를 머금은 채 말했다.

"그렇게 멋진 여자를 독차지하고 계신 형사님이 솔직히 부럽습니다."

나는 겸연쩍은 헛기침을 하고 이제 막이 오른 무대에 황급히 눈을 돌렸다. 유부녀 역의 유코와 젊은 남자 주인공의 첫 만남을 시작으로 연극이 펼쳐졌다. 무대 위의 유코를 보자 나도 모르게 가슴이 뜨거워졌다. 중년 남자는 왜 이토록 감상적인 걸까.

"이러면 안 돼! 안녕, 고이치 씨!"

유코는 종종걸음으로 걸어가 무대 뒤로 모습을 감추었다. 단독 조명이 주인공을 비추고 내리는 눈발은 한층 거세졌다. 박수가 터져 나오고 막이 내렸다. 유코의 출연은 그렇게 끝났다. 나는 근무 중이기 때문에 여유 부릴 시간이 없었다. 후카야에게 뒤를 부탁하고 로비로 나왔다. 혼자가 되자 얼굴에 미소가 번졌다. 남자란 참 단순한 동물이다. 건물 밖으로 나가려 할 때였다.

"우노 형사님!"

낯선 여학생이 내게 달려왔다.

"저 말입니까? 왜 그러시죠?"

"저기, 나가이 유코 씨가 옷을 갈아입고 올 테니 기다려달라고 하셨어요. 그리고 이거."

여학생은 나에게 곱게 접은 쪽지를 건네주었다. 쪽지를 펼치자 눈이 번쩍 뜨였다. 유코의 글씨로 '젊은 형사 서너 명을 경찰차로 보내주세요. 양동이도 대여섯 개 준비하고요. 사건 현장인 계곡에 가서 실험할 일이 있어요!'라고 쓰여 있었다.

"아이고. 명탐정님이 또 무슨 생각이신가."

나는 한숨을 내쉬었다.

20분 정도 지나자 눈에 익은 청바지 차림의 유코가 나타났다.

"오래 기다렸어? 준비는 다 됐고?"

"공주님이 원하신 대로."

"놀리지 마. 빨리 출발하자. 어두워지면 실험이 곤란하거든."

"도대체 무슨 실험을 한다는 거야?"

"가면서 설명할게."

우리는 경찰차 두 대에 나눠 타고 사건 현장으로 이동했다. 한 대에는 혈기 왕성한 형사 세 명이, 다른 한 대에는 유코와 나, 그리고 하라다가 탔다. 혹자는 이런 식으로 국가 세금을 낭비하면 안 된다고 한 소리 하겠지.

"방금 무대 위에서 생각났어."

유코가 입을 열었다.

"위에서 내려오는 가짜 종이 눈을 보니까 문득 떠오르더라고."

"무슨 말인지 모르겠군. 무슨 실험하려고?"

"문제는 비였어. 아까도 말했듯이 시신이 젖어 있다는 사실만으로는 비가 내린 시간이 명확하지 않거든. 결국 알리바이는 생기지 않는 거지. 그렇다면 분명 다른 이유가 있다는 건데 처음부터 이상했어."

"뭐가?"

"비가 내린 걸 아무도 몰랐다는 사실 말이야. 아주 짧은 시간만 비가 내렸는지 다들 빗소리를 못 들었다고 증언했어. 텐트에 빗물이 떨어지면 소리가 울려 분명히 더 잘 들릴 텐데 어떻게 아무도 들은 사람이 없을까?"

"글쎄, 듣고 보니 이상하네."

"한마디로 비는 내리지 않았다는 거지."

유코는 어리둥절한 표정을 하고 있는 나와 하라다를 쳐다보며 자신만만한 얼굴로 말을 이어나갔다.

"범인은 시신이 비에 맞은 것처럼 보이려고 강물에 담근 게 아니라 강에서 죽은 사실을 은폐하기 위해 비가 내렸다고 꾸민 거야."

"강에서 죽었다고?"

"그래. 그 강, 물살이 빨랐잖아? 로프 고리를 사람 목에 걸어 강에 던지면 어떻게 되겠어? 밧줄을 꽉 잡아당기면 피해자는 강물에 떠내려가고 고리는 목을 조르겠지. 이 방법이라면 시신의 폐에서 물이 나온 사실도 자연스럽게 설명이 돼. 그 후에 범인은 시신을 끌어올려 나뭇가지에 매달았을 거야. 여기서 한 가지 문제가 생기지. 물에 흠뻑 젖은 채 목을 맨 시신이라. 단순 자살로 보기엔 부자연스럽잖아. 그래서 생각해낸 게 비가 내린 것처럼 꾸미는……."

"하천 부근 전체를 물로 적셨다는 말이야? 어림도 없는 소리!"

"아직도 모르겠어? 그 부근은 생각보다 넓지 않아. 혼자라면 버

겁겠지만 서넛이 양동이로 강물을 퍼 올려서 뿌리면 자갈이 깔려 있는 틈새 사이로 물은 금세 넓게 퍼질 거야. 전혀 불가능한 일은 아니야."

"그래서 지금 그 실험을 할 작정이야?"

"응, 맞아. 근데 물에 젖을 테니 헌 신발을 가지고 오라고 쪽지에 쓴다는 걸 깜빡했네. 미안."

실험은 만만치 않았다. 건장한 네 남자는 한 손에 양동이를 들고 강에서 물을 퍼 날라 자갈밭에 뿌리기를 반복했다. 유코는 시계를 보며 시간을 확인했다.

"자, 다들 잘하고 있어요. 좀 더 힘을 내세요."

유코는 감독관이라도 된 듯 바위 위에 쭈그려 앉아 이것저것 지시를 해댔다.

나는 뭘 하고 있었냐고? 그건 기록자의 특권으로 생략하겠다.

"1시간 53분!"

유코가 외쳤다.

"두 시간이면 충분해. 이제 알겠지?"

"그렇군. 예상보다는 오래 안 걸리는군. 근데 범인은 왜 굳이 이렇게 귀찮은 방법을 택했을까?"

"지금부터 내가 엉킨 실타래를 풀어줄게. 모두들 수고하셨어요!"

"아니, 뭘요. 유코 씨를 위해서라면 이 정도쯤이야."

하라다가 거친 숨을 내쉬며 말했다.

유코는 네 남자에게 말했다.

"우노 경감님이 수고하셨다고 크게 한턱 내실 거예요. 장어나 스테이크나 뭐든 드시고 싶으신 것 생각해놓으세요."

나는 유코의 말에 깜짝 놀랐다.

"경감님, 정말이십니까?"

"어이쿠, 감사합니다. 잘 먹겠습니다."

"스키야키에 한잔하고 싶군요."

"저는 복어 회를 먹고 싶은데요?"

나는 억지로 웃음을 지었다.

경찰차를 타고 돌아가던 도중 병원에서 연락이 왔다. 하라다가 나를 돌아보며 말했다.

"형사님, 마부치 학생의 의식이 돌아왔다고 합니다."

"다행이군. 지금 바로 병원으로 가자."

병원에 도착했을 때는 이미 해가 떨어진 후였다. 병실로 들어가보니 침대 옆에 후타쓰키가 앉아 있었다.

"아, 형사님!"

"환자는 어때?"

"지금 자고 있어요."

"잠시 기다려야겠군."

유코가 후타쓰키에게 다가가 말을 걸었다.

"한시름 놓았겠어요."

"네. 다행이에요."

"이제 당신도 진실을 말해줄래요?"

"네?"

"다 알고 있어요. 운이 나빴죠? 일이 이렇게 되리라고는 상상도 못 했잖아요?"

후타쓰키는 사색이 되어 유코를 올려보다가 체념한 듯 천천히 고개를 끄덕였다.

"안 그래도 마부치가 의식을 찾으면 자수하려고 했어요."

나는 두 사람의 얼굴을 번갈아 쳐다보았다. 유코가 말했다.

"당신은 마부치 씨가 니시노 씨를 텐트까지 데려다 줄 때 두 사람한테 신경이 쓰여 몰래 둘 뒤를 따라갔었죠? 두 사람의 대화를 텐트 밖에서 듣고 니시노한테 화가 났을 테죠. 당신은 텐트 밖으로 나온 그녀를 몰래 쫓아 그 바위 뒤로 갔어요. 그리고 말다툼을 하다가 죽게 만든 거죠."

"그건 사고였어요! 정말이에요! 말다툼을 하다 니시노가 달려들었는데 제가 피했더니 균형을 잃고 강으로 떨어졌어요. 깜짝 놀라 내려다보니 다행히 그녀가 가까스로 바위 모퉁이를 붙잡고 있더군요. 저는 도움을 청하러 뛰어갔는데 때마침 마부치가 나왔어요. 니시노가 강물에 빠졌다고 했더니 그가 텐트에서 로프를 집어 들고 강으로 뛰어갔어요. N 대학 텐트에 있던 사람들도 이야기를 듣고 나왔어요. 마부치는 로프 끝으로 고리를 만들어 니시노한테 던졌지만 물살이 너무 빨라 니시노한테 닿지 못했어요. 몇 번이나 고리를 던진 끝에 니시노가 겨우 고리를 움켜잡았어요. 그걸 자기 몸에 끼우려던 순간 바위를 잡고 있던 손이 미끄러져 강물 속으로 그만 빠져버렸어요. 로프가 팽팽하고 고리에 뭔가 걸려 있는 느낌이 들어서 N대 학생 네 명이 달려들어 필사적으로 로프를 당겨서 보니……."

"끌어 올리고 보니 로프 고리에는 니시노 씨의 목이 걸려 있었다는 말이군요."

"네. 정신없이 인공호흡부터 가능한 건 다 해봤지만 소용없었어요. 신고를 해야 했지만 다들 살인범으로 몰릴까 봐 두려워해서 의논 끝에 자살로 꾸미자는 결론을 내렸어요. 하지만 시신이 물에 젖었으니 자살이라고 보기에는 의심스러운 상황이라……."

"N대 학생들이 자갈밭에 물을 뿌려 비가 내린 것처럼 꾸몄군요."

"네. 다른 텐트 학생들은 아무도 눈치채지 못했어요."

그때 침대에 누워 있던 마부치가 몸을 움직이더니 눈을 떴다.

"마부치!"

"후타쓰키, 경찰이……."

"걱정 마. 다 털어놨어."

후타쓰키는 마부치의 손을 꼭 잡았다.

"이제 마음이 후련해. 내 걱정은 하지 마. 빨리 회복할 생각만 해."

나와 유코는 복도로 나왔다.

"교통사고는 그냥 우연이었군."

"그러네. 후타쓰키는 이번 사고가 니시노를 죽게 한 천벌이라고 생각한 것 아닐까? 착한 학생들이네. 이번 사건은 과실로 인정되겠지?"

"별 문제 없을 거야. 다들 큰 죄를 지은 건 아니니까. 그런데 넌 어떻게 알아냈어?"

"계획적인 살인이라면 그런 번거로운 방법으로 죽일 리는 없으니까. 우발적 사건이라는 냄새가 났어. 마부치가 니시노를 데려다주는 걸 후타쓰키가 신경 쓰지 않았을 리가 없잖아. 마부치를 니시노한테 빼앗길까 봐 조마조마했을 테니까. 두 사람의 뒤를 밟아 대화를 엿들었을 게 분명하다고 생각했거든."

"듣고 보니 그렇군."

그때 하라다가 쑥스러운 표정으로 다가왔다.

"우노 경감님."

"무슨 일인가?"

"모두들 기다리고 있습니다."

"뭘?"

"저녁 사주신다고 하셨잖습니까?"

나는 후타쓰키에게 내일 경찰에 자수하라고 당부하고 병원을 나섰다. 자수를 하면 선처를 받아 처벌이 가벼워지기 때문이다. 일단 경찰관을 두어 그녀를 감시하도록 할까도 생각했지만 형사답지 못한 비겁한 짓이란 생각이 들어 그만두기로 했다. 이것도 정의파 명탐정 유코의 영향인가.

다섯 명이 10인분에 가까운 스키야키를 펼쳐놓고 정종과 맥주를 실컷 마셨다. 음식점을 나오니 시간은 밤 열 시에 가까워져 있었다.

내 지갑은 텅텅 비었다. 유코가 음식점에 들어가기 전에 미리 돈을 꽤 챙겨주었기에 망정이지 하마터면 무전취식으로 체포될 뻔했다.

"잘 먹었습니다!"

"경감님께 경례!"

"우노 경감님 만세!"

민망해서 내 얼굴이 붉어질 정도로 야단법석이다.

일행과 헤어지고 잠시 걷는데 하늘에서 빗방울이 하나둘 떨어지기 시작했다.

"이런 젠장!"

바로 그때 자동차 한 대가 조용히 옆에 다가와 멈췄다.

"아저씨, 어때요? 타실래요?"

운전석에서 매혹적인 미소로 웃고 있는 사람은 바로 기모노 차림의 유코가 아닌가!

"유코! 이 차는 뭐야?"

"렌터카야. 어디까지 모실까요?"

"어디든 상관없어. 그 기모노는 누가 입혀준 거지?"

"기모노 교실에 다니는 친구가 도와줬어. 걱정 마."

"아니……. 걱정은 안 해."

유코는 한적한 도로 갓길에 차를 세우더니 나를 보며 물었다.

"후카야한테 얘기 들었지?"

"응. 아쉽지 않아? 그렇게 젊고 잘생긴 남자를 차버리다니."

"뭐라고? 사실은 엄청 질투했으면서."

나는 어색한 웃음을 지었다. 유코는 나에게 가까이 다가왔다. 나는 그녀를 안고 입을 맞추었다.

"있잖아."

유코가 속삭이는 목소리로 말했다.

"응?"

"어디 가서 이 기모노 허리띠 좀 풀어볼래?"

내 심장이 빠르게 뛰기 시작했다.

"그야 물론이지!"

"잠깐만."

"왜?"

"아저씨는 기모노 입혀주는 법 모르잖아. 아저씨도 기모노 교실에 다닐래?"

유코는 빙긋 웃었다.

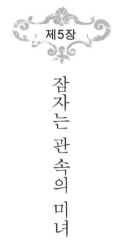

제5장

잠자는 관 속의 미녀

유령 후보생

1

"그럼 그렇다고 한마디 해주면 안 돼?"

유코의 말에 나는 화를 냈다.

"그래서 미안하다고 했잖아."

유코가 난처한 표정을 지었다.

평소와는 상황이 정반대였다. 보통 내가 늘 유코의 기분을 살폈다만 오늘은 아니다. 아무리 연인 사이라고 해도 마흔이나 먹은 내가 스물두 살 여대생에게 심하게 화를 내는 건 어른스럽지 못한 일일 터이다. 하지만 나이는 둘째 치고 경시청 수사 1과 형사로서 나는 지금 체면이 말이 아니게 생겼다.

"그래서 내가 제대로 된 옷을 입고 오라고 말했잖아."

유코가 토라진 목소리로 말했다.

"아직 멀었어?"

"5분 정도 걸어가면 도착해."

정오를 조금 넘긴 시간, 우리는 주택가를 걷고 있었다. 여기는 도심 속에 자리한 고급 주택지로 으리으리한 대저택들이 즐비했다. 높은 담장에 둘러싸여 지붕 꼭대기만 겨우 보이는 저택들이다.

"넌 항상 내 옷차림이 들쥐 같고 촌스럽다고 구박했잖아. 데이트 하러 나왔으면 데이트에 어울리는 옷을 입고 나오라고 하면서. 그래서 오늘은 각별히 신경을 썼다고."

"신경을 쓴 게 이거야?"

"이게 뭐 어때서?"

나는 오렌지색 셔츠에 흰 정장을 입고 재킷에는 보라색 손수건을 꽂았다. 거기에 하얀 구두까지 챙겨 신었다. 이게 어디가 어떻다고.

"사흘 동안 백화점 들락거리면서 점원 추천을 받아 산 거라고."

"매장을 잘못 찾아간 거 아니야? 아니면 그 점원이 사람 놀리는 취미가 있든지."

유코는 한숨을 쉬며 말했다.

"아니, 왜 하필이면 장례식에 그런 옷차림으로 오는 거야, 정말."

유코는 검은 원피스를 입고 있었다.

나는 역 개찰구에서 기다리고 있다는 그녀의 전화를 받고 기쁜 나머지 새로 산 옷을 입고 서둘러 집을 나섰다. 유코는 선글라스를 낀 나를 알아보지 못하고 주위를 두리번거리고 있었다. 선글라스를 벗고 미소를 짓는 나를 본 유코는 어이없다는 표정이었다.

"아저씨, 너무 멋있어! 딴사람 같아! 정말 젊어 보여!"

이런 반응을 기대했는데…….

"지금 제정신이야?"

나를 본 유코의 첫마디였다. 나의 자신감은 바늘에 찔린 풍선처럼 순식간에 오그라들었다.

"그럼 어쩌냐. 다른 옷으로 갈아입기에는 너무 늦었잖아."

"별수 없지. 오늘 예능 프로그램에 출연할 의상을 입은 거라고 해야지 뭐."

유코는 체념한 듯 어깨를 축 늘어뜨렸다.

"음. 근데 돌아가신 분은 누구지?"

"이마이즈미 센이치라는 분인데 돌아가신 아빠랑 절친한 사이셨어."

유코의 부모님은 교통사고로 세상을 떠났다.

"이런 곳에 집을 갖고 있으면 부자겠군."

"응. 엄청난 부자지. 성격이 특이한 사람이기는 하지만."

"원래 부자들 중에는 이상한 사람이 많잖아."

"일흔 가까이 되어서도 정말 건강하셨는데 돌아가셨다니 믿기지가 않아."

유코는 고개를 가로저으며 말했다.

"그분을 좋아했었나 봐?"

"응. 그 아저씨랑 나는 서로 통하는 뭔가가 있었거든."

"연인 사이였군."

"뭐라고?"

유코가 따가운 눈초리로 나를 노려보자 나는 당황해서 잽싸게 눈을 피했다.

"장난기가 있었다고 해야 할까. 어린아이 같은 면이 있었어. 쉰 살이 넘었는데 비행기 조종을 배우기도 하고 예순에는 스포츠카에 빠져서 전국을 돌아다니기도 했거든. 나이가 들어서도 꿈 많은 소년 같은 분이셨어. 아, 저 집이야."

검은색의 고급 승용차들이 대문 앞 100미터 전부터 양 옆으로 줄줄이 늘어서 있었다.

"우와, 굉장한데."

내가 놀라자 유코는 비아냥거렸다.

"평소에는 얼굴도 비치지 않던 먼 친척까지 다 왔나 봐."

"유산에만 관심 있겠지."

"당연하지."

대문에 다가서자 시끄러운 소리가 들렸다. 열여섯, 일곱 정도 되어 보이는 소녀가 갑자기 문 밖으로 떠밀려 나왔다.

"나가!"

남자의 욕설이 들려왔다. 검은 양복에 상장喪章을 단 중년 남자가 소녀의 뒤를 따라 나와 욕을 퍼부었다.

"다시 한 번 이런 사기를 치면 경찰에 넘겨버릴 거야! 알겠어?"

호리호리한 체형에 검은 원피스를 입은 그녀는 덜덜 떨며 울고 있었다. 남자는 도둑고양이를 쫓아내듯이 큰 소리로 외쳤다.

"빨리 가버려! 꼴도 보기 싫으니까!"

소녀는 가방에서 손수건을 꺼내어 얼굴을 가리고는 빠른 걸음으로 도망치듯 우리 옆을 지나갔다. 남자는 유코를 보고 말을 건넸다.

"어, 유코 아냐?"

"사카이 씨, 무슨 일이에요?"

"아무것도 아냐. 꼭 이럴 때를 노리고 찾아오는 놈들이 있지."

사카이라는 남자는 불쾌한 표정으로 고개를 설레설레 흔들었다.

"자기가 고인의 숨겨둔 자식이라는 거야."

"방금 전 그 여자애가요?"

"응. 아무 증거도 없어. 생트집을 잡아서 단 얼마라도 돈을 뜯어내려는 수작이지."

"그런 사람으로는 보이지 않던데….."

유코는 점점 멀어지는 소녀의 뒷모습을 바라보았다.

"배후 조종자가 있는 게 분명해. 저런 아이는 강하게 나가지 않으면 또 온다니까. 근데 이분은 누구신가?"

그는 나를 신기한 눈으로 바라본다.

"이분은 경시청의 우노 경감님이세요. 아저씨, 여기 사카이 씨는 돌아가신 이마이즈미 씨의 개인 비서세요."

"안녕하십니까. 잘 부탁드립니다."

그는 아직 마흔은 안 되어 보이는 얼굴이었지만 벌써부터 머리가 반쯤 벗겨져 있었다. 그의 얼굴에 언뜻 불안해하는 기색이 비쳤으나 그는 바로 접대용 미소를 지어 보였다.

"경시청? 무슨 일이라도?"

"이 사람, 제 애인이에요."

유코가 수줍게 말하자 사카이는 크게 놀라는 표정이었다.

"오, 유코는 연애를 무척 자유롭게 하는구나."

"일단 조문부터 드려야죠."

"돌아가신 이마이즈미 씨도 기뻐하실 거야. 널 예뻐하셨으니."

"난 이상하게 나이 든 사람들한테 인기가 많더라고요."

유코는 내 신경을 건드리는 말을 하고 들어갔다. 나도 유코를 따라가려는데 문득 발밑에 무언가 떨어진 게 보였다. 통학 정기권과 학생증이 들어 있는 지갑이다. 사진의 인물은 얼굴이 정확히 기억나지는 않지만 조금 전에 봤던 여자아이가 틀림없다. 가방에서 손수건을 꺼낼 때 떨어뜨린 듯했다.

학생증에는 '아이다 요시코(17세)'라고 쓰여 있었다.

"아저씨, 뭐 해?"

유코가 재촉해서 나는 그 지갑을 주머니에 넣고 서둘러 들어갔다.

"출관합니다."

방 안의 사람들이 웅성거리기 시작했다. 우리가 이곳에 도착하고 두 시간이 지났다. 처음부터 긴 장례식을 모두 지켜본 사람들은 지루할 법도 했다.

"다리 저려. 쥐가 났나 봐."

유코를 비롯한 몇몇 사람들은 중풍에 걸린 노인처럼 비틀거리며 자리에서 일어났다.

일본식 대저택인 이 집은 도대체 방이 몇 개나 되는지 가늠하기도 어려웠다. 다다미방 몇 개를 합친 넓은 공간에 조문객들이 자리를 잡고 있었다. 이 장례식의 조문은 일반적인 장례식과 방식이 달랐다. 관을 안쪽 별실에 안치해두고 한 명씩 그 방에 들어가 분향을 하고 인사를 하게끔 했다. 그래서인지 조문에는 시간이 꽤 오래 걸렸다.

"여러분, 모두 앞마당으로 나와주세요."

조금 전에 만났던 사카이가 장의사처럼 말했다.

현관을 나서자 대문까지 이어진 자갈 위로 검은 옷을 입은 80여 명의 사람들이 줄을 지어 서 있었다. 검은 옷 사이에 혼자 하얀 옷을 입어 내가 마치 백일점같이 느껴졌다. 나는 가능한 한 줄 뒤편에 들어가 몸을 숨기려 했지만 어김없이 사람들의 주목을 받았다. 사람들로부터 따가운 눈초리 공격을 받은 나는 식은땀을 닦아내기에 바빴다. 그러나 뭐든 시간이 지나면 적응되기 마련이다. 얼마간 시간이 지나자 백일점인 내게 아무도 관심을 보이지 않았다.

관이 나오기를 기다리고 있을 때였다.

"어머, 유코 씨!"

말을 걸어온 사람은 40세 정도의 상당히 예쁜 여자였다.

"아! 안녕하세요? 상심이 크시겠어요."

"괜찮아요. 하고 싶은 거 실컷 하고 돌아가셨으니 아버지도 여한

이 없으실 거예요."

"이렇게 갑자기 돌아가실 줄은 몰랐어요."

"그러게요. 저는 다음 주에 파리에 갈 일이 있어 바쁜데."

"무슨 병이셨죠?"

"심장병이래요. 나도 잘은 몰라요. 자식들, 친척들 아무도 임종을 보지 못했어요. 다들 돌아가셨다는 연락을 받고 놀라서 달려왔어요."

"좋은 분이셨는데……."

유코가 안타깝게 말하자 고인의 딸로 보이는 그 여자는 냉정히 말했다.

"아버지가 나쁜 분은 아니었지만 쓸데없는 짓을 많이 해서 재산을 어찌나 말아먹었는지 모두 걱정이 이만저만 아니었어요. 이제야 마음이 놓이네요. 유코 씨도 화장터에 갈 건가요?"

"아뇨. 이제 저는 여기서 이만."

"그래요. 그럼 조만간에 한번 놀러 와요. 파리에서 그림엽서 보낼게요. 기대하세요."

"네. 잘 다녀오세요."

여자는 『파리의 지붕 밑』 주제곡을 흥얼거리며 걸어갔다. 상복에는 어울리지 않는 멜로디였다.

"기가 막혀서!"

유코는 어이없다는 얼굴로 말했다.

"따님이신가?"

"장녀인 이시하마 유키코야. 이마이즈미 씨의 비서였던 사람과 결혼했어. 남편은 좋은 사람인데 저 여자는 정말 별로야."

"다른 형제는?"

"아들이 두 명 있어. 막내아들을 출산하면서 아내분이 돌아가셨대. 이마이즈미 씨는 생전에 돌아가신 사모님에 대해 자주 이야기하셨거든."

"유산은 그 세 남매한테 돌아가겠군."

"그렇지. 아저씨가 돈을 다 써버리고 한 푼도 안 남겼어야 되는 건데!"

불현듯 주머니 속의 지갑이 생각이 났다. 아이다 요시코라고 했던가. 만약 그 소녀가 정말로 죽은 이마이즈미의 자식이라면 큰 소란이 일어나겠군.

관이 밖으로 나왔다. 방금 전까지 세상 돌아가는 이야기로 열심히 수다를 떨던 사람들이 일제히 엄숙한 얼굴로 두 손을 모았다. 이제 고인도 영원히 잠들 것이다.

관을 지고 있는 사람은 두 아들과 장녀의 남편인 것 같았다. 세 사람 외에 젊은 남자 한 사람도 일을 돕고 있다. 사카이는 장의사와 대화를 나누며 관을 뒤따랐다. 나무로 만들어진 관이 천천히 조문객 행렬 사이를 지나갔다.

꺅! 그때 갑자기 여자의 비명이 적막한 공기를 갈랐다. 나와 유코는 얼굴을 마주 보았다. 잠시 후 비명 소리가 다시 들렸다. 줄 뒤에 서 있던 나는 무슨 일이 일어났는지는 몰랐지만 보통 일이 아니란

것쯤은 직감했다.

"아저씨, 우리 가보자!"

유코가 먼저 인파를 헤치고 앞으로 나갔다. 나도 그녀를 따라갔다.

"뭐가 어떻게 된 거야?"

"이게 도대체 무슨 일이야?"

"다가가지 마!"

사람들이 웅성거렸다. 관 주위로 사람들이 몰려들었다. 관을 떨어뜨렸나? 그런 것치고는 너무 소란스러웠다. 나와 유코는 사람들 사이를 비집고 안으로 들어갔다. 관은 돌계단 위에 놓여 있었다. 사카이와 관을 들었던 남자들이 몇 발자국 떨어져서 넋이 나간 얼굴로 관을 쳐다보고 있었다.

"무슨 일입니까?"

"형사님! 여기 계셔서 다행입니다!"

내가 물으니 사카이는 내 팔을 붙잡았다.

"저, 저걸 보십시오!"

사카이의 손끝이 가리키는 관을 쳐다보니 섬뜩했다. 관의 밑판과 옆판 이음새 사이에서 붉은 액체가 배어 나오고 있었다. 그건 분명히 피였다. 피는 밖으로 서서히 새어 나와 자갈 위에 조금씩 떨어졌다.

"이게 대체 무슨 일입니까?"

사카이는 새파랗게 겁에 질린 얼굴로 몸을 부르르 떨었다. 나도 놀란 기색을 감추기는 어려웠다. 그래도 나는 형사로서 이런 상황에 대처하는 훈련을 받은 사람이므로 졸도할 정도는 아니었다. 나는 장의사에게 말했다.

"관을 여세요!"

유코도 당황하며 말했다.

"이상해. 출혈한 지 얼마 안 되었나 본데?"

"맞아. 이건 지금 막 생긴 상처에서 흘러나오는 피야. 빨리 관을 열어."

장의사 셋이 달려들어 관 덮개를 막은 못을 빼냈다.

나는 다른 사람들을 뒤로 물러가게 하고 관 덮개를 열어 관 속의 시신을 살펴보았다.

"어때?"

유코가 다가와 물었다.

"이상해. 출혈 부위가 안 보여. 등 쪽에 있을지도 모르니 시신을 일으켜보자."

직업상 이런 일쯤은 아무것도 아니다. 나는 시신의 머리 밑에 손을 넣어 힘을 주어 시신을 들어 올렸다. 사람들이 웅성거렸다. 예상대로 상처는 등에 있었다. 날카로운 칼에 찔린 듯한 상처였다.

"어떻게 이런 일이……."

시신을 눕히고 유코와 나는 서로 마주 보았다.

"시신이 아직 굳지도 않았어. 그렇다면……."

나는 사카이에게 말했다.

"사카이 씨, 모든 사람을 집 안으로 들여보내세요. 아무도 빠져나가지 못하도록 말입니다. 그 후에 경찰을 부르세요."

"하, 하지만 이게 도대체……."

"이마이즈미 씨는 살해되었습니다. 불과 몇 시간 전에."

2

"사카이 씨, 어떻게 된 거죠?"

장녀인 이시하마 유키코가 초조한 얼굴로 말했다.

"당신이 비서니까 어떻게든 알아서 처리하세요."

"그렇게 말씀하시면 어떻게 합니까?"

"진정들 하세요."

나는 둘 사이에 끼어들었다.

"그 어떤 유능한 비서라도 살인 사건을 처리하지는 못합니다."

살인. 이 단어를 들은 사람들은 모두 입을 다물었다.

저택의 거실에 이마이즈미 씨의 자녀들이 모였다. 소파가 놓여
있고 카펫이 구석구석까지 깔려 있는 서양식으로 꾸민 방이었다.

모인 사람은 장녀 이시하마 유키코, 그녀의 남편 이시하마 고이
치로, 장남인 이마이즈미 하루유키, 차남인 이마이즈미 마코토, 사
카이까지 다섯 명이었다. 유코와 나도 그 자리에 함께했다.

문이 열리고 하라다가 나타났다.

"경감님, 의사를 모셔 왔습니다."

"수고했어. 들어오시라고 해."

하라다의 체격을 두꺼운 전화번호부로 비유한다면 문을 열고 들어온 의사는 얇은 팸플릿이다. 그만큼 의사는 왜소했다.

"여기 앉으시죠."

나는 소파에 노인을 앉으라고 권했다.

"요시다 씨라고 하셨죠? 이마이즈미 씨의 주치의셨다고 들었습니다."

"그렇습니다. 이마이즈미 씨 가족의 건강을 돌본 지 꽤 오래됐지요. 가족 주치의라는 호칭이 더 적절할 겁니다."

늙은 주치의는 담담한 말투로 말했다. 언뜻 봐도 일흔을 넘어 여든에 가까워 보였지만 나이는 숫자에 불과하다는 말을 대변하듯 매우 정정한 사람이었다.

"이마이즈미 센이치 씨의 사망 증명서를 작성하셨죠?"

"그렇습니다."

"이마이즈미 씨는 살아 있었고 바로 몇 시간 전에 살해되었습니다. 왜 살아 있는 이마이즈미 씨의 사망 증명서를 쓰셨습니까?"

"그에게 부탁을 받았습니다."

모여 있던 사람들은 일제히 당황한 표정으로 서로의 얼굴을 마주 보았다.

"부탁을 받았다고요?"

"이마이즈미 씨한테는 어린아이 같은 면이 있었습니다."

주치의 요시다는 입가에 미소를 띠며 말을 이었다.

"나이를 먹을 만큼 먹었기 때문에 이제 슬슬 재산 문제를 정리하고 싶다고 했습니다."

"유산상속 말씀이시군요?"

"그렇습니다. 우선 유언장에는 세 명의 자녀한테 유산을 나누어 준다고 썼지만 셋이 동등하게 상속을 받을 만한 자격이 있는지 시험해보고 싶다고 하셨습니다."

"정말 해도 해도 너무하네요!"

목소리를 높인 사람은 장녀 이시하마 유키코였다.

"우리가 그런 장난 때문에 얼마나 고통스러웠는지 아세요?"

"조용히 해주십시오."

나는 주의를 주고 요시다 씨에게 말했다.

"이마이즈미 씨가 자녀분 중 누군가를 의심하고 있었다는 말씀이십니까?"

의사는 고개를 천천히 저었다.

"그 문제에 대해서는 드릴 말씀이 없습니다. 긍정도 부정도 하지 않겠습니다."

"알겠습니다. 그럼 고인의 부탁에 대해 자세히 말씀해주세요."

"죽은 척하고 자녀들이 어떻게 반응하는지 보고 싶다고 말씀하셨습니다. 가짜 사망 증명서를 쓰는 행위가 법에 어긋난다는 사실은 잘 알고 있습니다. 저는 현재는 의료계에서 은퇴한 몸이기도 하고 이마이즈미 씨와는 40년 가까이 알고 지낸 사이여서 거절하지 못하고 부탁을 받아들이기로 했습니다."

"그렇군요. 이마이즈미 씨가 생각한 계획이란 무엇입니까?"

"저도 거기까지는 모르겠습니다."

"계획에 대해 말씀을 하신 게 언제였습니까?"

"저한테 말을 꺼내신 지는 정확히 한 달이 되었군요."

"정확히 한 달이라고요?"

"오늘이 20일이니까요. 매월 20일이 이마이즈미 씨의 정기 진찰일입니다. 물론 정기일이 아니어도 몸이 편찮으시면 왕진을 왔습니다. 아, 아니군요. 그럴 때는 제 아들이 대신 왔군요. 아들놈이 최근에 병원을 차려서 말입니다."

"그렇다면 그 이야기는 지난달 정기 진찰일에 나온 겁니까?"

"그렇습니다."

"요시다 씨에 대해서는 이마이즈미 아저씨가 자주 말씀하셨어요. 20년간 매월 20일에 하는 진찰을 한 번도 거른 적이 없다고요."

유코가 말했다.

"맞습니다. 오래 전에 한 약속이기도 해서요."

"아저씨가 유럽 여행을 갔을 때는 독일에 있는 호텔까지 따라오셨다는 말을 들은 기억이 나요. 할 말을 잃었다고 하셨죠."

"대단하시군요."

내 입에서 감탄이 저절로 튀어나왔다.

"약속이니까 지켰을 뿐입니다."

요시다는 대수롭지 않은 듯 말했다.

"이마이즈미 씨의 계획에 대해 들으신 내용은 없습니까?"

"없습니다."

"알겠습니다. 그렇다면 이 사건은……."

갑자기 요시다가 내 말을 가로막고 말했다.

"의사 면허 취소까지 각오하고 있었습니다. 면허가 취소된다고 해도 저는 개의치 않습니다. 이마이즈미 씨가 돌아가셔서 제 일거리도 없어졌으니까요. 그럼 저는 이만……."

"요시다 씨!"

나는 문 쪽으로 몸을 돌린 요시다를 붙잡았다.

"선생님은 이마이즈미 씨와 오랜 친분이 있으시니 하나 여쭙고 싶습니다. 혹시 이마이즈미 씨한테 원한을 품을 만한 사람은 없습니까?"

"범인 말씀이십니까?"

"그렇습니다."

요시다는 이마이즈미 씨의 자녀들을 한심하다는 표정으로 보며 입을 열었다.

"저 세 사람 중에는 범인이 없을 겁니다. 그럴 만한 담력이 아무도 없거든요."

그 말을 남기고 그는 문을 닫고 나갔다.

"저런 말을 하다니!"

"노망난 늙은이 같으니라고!"

"아버지를 제 손으로 관에 밀어 넣은 주제에 무슨 말을 지껄이는 거야!"

세 명은 돌아가면서 욕설을 한마디씩 뱉었다. 그때 갑자기 문이
열리더니 하라다가 얼굴을 내밀었다.

"우노 경감님."

"무슨 일인가?"

"손님이 와 계십니다. 보시면 깜짝 놀라실 겁니다."

나는 거실의 반 정도 되는 크기의 다다미방에 들어섰다. 한 남자
가 책상다리를 하고 앉아 있었다. 마른 몸의 남자는 맥이 빠진 모습
으로 떨떠름한 표정을 짓고 있었다.

"아니! 자네는 가쓰라기 아닌가. 오랜만이군."

가쓰라기는 한때 비행 청소년이었던 남자로 내가 담당했었다.

그는 나를 보더니 눈이 휘둥그레졌다.

"우노 경감님 아니세요! 몰라 뵐 뻔했습니다."

"자네는 전혀 안 변했군."

"주머니 사정은 여전하지만 지금은 올바르게 살고 있습니다. 오
랜만에 뵈니 경감님, 상당히 세련되어지셨는데요? 옆에 계신 아가
씨는 누구시죠?"

"저는 우노 씨 애인이에요."

유코가 재미있다는 듯이 말했다.

"와! 경감님, 좋으시겠습니다."

"됐어. 여기에는 왜 왔나?"

나는 가쓰라기 앞에서 위엄을 지키려고 필요 이상으로 눈을 험

상긋게 뜨고 물었다.

"일 때문에 왔습니다."

그는 명함을 내밀었다. 명함에는 '○○탐정사'라고 쓰여 있었다. 탐정 업계에서는 비교적 잘 알려진 회사였다.

"네가 탐정이라고?"

나는 한숨을 내쉬었다.

"그래. 여기에는 무슨 볼일이 있어 왔나?"

"조사 의뢰가 들어와서요. 의뢰인한테 보고를 드리러 왔습니다."

"의뢰인이 누구기에?"

"그게……. 돌아가셨으니까 이제 말해도 되겠죠?"

"이마이즈미 센이치란 말인가?"

"네. 그렇습니다."

"의뢰 내용은 뭔가?"

"우노 경감님, 아무리 경시청 수사 1과 형사라 해도 의뢰인의 비밀까지는 알려드리지 못합니다."

"내게 그런 말이 통할 거라고 생각하나? 이봐, 하라다. 이 녀석을 거꾸로 매달아 두세 대 정도 때려서 정신 차리게 해줘. 그럼 뭔가 실토하겠지."

"네. 바로 이행하겠습니다."

하라다는 손마디를 꺾으며 가쓰라기에게 다가갔다. 그의 얼굴은 새파랗게 질렸다.

"아, 알겠다고요! 말씀드리면 되잖아요!"

가쓰라기는 뒤꽁무니를 빼며 양복 안주머니에서 봉투를 꺼내 건넸다. 이미 불량 학생 시절 하라다의 괴력을 맛본 그는 아직까지도 그때의 충격을 잊지 못했나 보다. 나는 봉투를 집어 들었다. 안에는 서류가 몇 장 들어 있었다.

"나쁜 놈들 같으니라고, 정말 너무하는군!"

대충 서류를 훑어보니 욕부터 나왔다.

"뭔데 그래?"

유코도 궁금해하며 서류를 들여다보았다.

"그저께 이마이즈미 센이치의 사망 소식을 듣고 세 자녀들이 한 일이 뭘 것 같아?"

"글쎄. 뭐야?"

"장녀인 유키코는 점포를 하나 매수했고 장남 하루유키는 이곳에 찾아오기도 전에 내연 관계인 여자한테 달려가서 아파트를 하나 사준다고 약속했어. 차남 마코토는 외제 차 한 대를 계약하고 친구들한테 자랑을 했다는군. 어이쿠, 자세히 보니 요트까지 계약했군."

나는 거실로 돌아가서 세 자녀에게 사실 여부를 확인했다.

피는 못 속인다는 말을 몸소 입증하듯 세 남매는 하나같이 같은 패턴으로 말을 둘러댔다. 처음에는 펄펄 뛰며 정색을 하고 부정했다. 그러나 조금 시간이 지나자 오히려 당당하게 털어놓기 시작했다. 거짓말을 하면 상황이 불리해진다는 상황을 인지한 모양이었다.

"네. 점포 계약했어요. 그게 어쨌다는 거죠?"

장녀 유키코는 유리가 깨질 것만 같은 카랑카랑한 목소리로 따져 물었다. 이런 목소리는 여자의 가장 강력한 무기이다. 이런 목소리를 들은 남자는 대개 두통을 호소하며 포기하기 마련이다. 하지만 경시청 수사 1과의 업무를 이 정도의 소음 때문에 포기한다니 말도 안 된다.

　"범죄행위를 했다는 말이 아닙니다."

　"그걸 말이라고 해요? 누굴 아버지 죽을 날 기다린 사람 취급하고선!"

　"그렇다면 점포를 매수한 일은 아버님의 사망 소식과 관계가 없다는 말씀이십니까?"

　"전부터 매수하기로 약속해놓았어요! 우연히 그날 계약한 거라고요!"

　"그럼 계약금 지불은 다 끝나셨습니까?"

　"물론이지요!"

　이시하마 유키코의 말에 남편인 이시하마 고이치로가 나지막하게 말했다.

　"여보, 거짓말하지 마. 우리한테 그런 돈이 어디 있다고 그래?"

　"그냥 조용히 있어요!"

　유키코는 매서운 눈으로 남편을 노려봤다.

　"부인, 남편분 말씀이 맞습니다. 알아보면 금방 밝혀질 일에 대해 거짓 증언을 하는 건 어리석은 행동입니다."

　유키코는 화를 꾹 참으며 입을 다물었다. 30대 중반의 장남 하루

유키는 어디서나 볼 법한 평범하고도 볼품없는 회사원 같은 외모를 가졌다.

"아파트를 사준다는 약속은 분명히 했습니다만, 내가 마누라 말고 딴 여자와 무슨 관계를 갖든 경찰이 상관할 바 아니지 않습니까!"

말은 그렇게 했지만 속으로는 조마조마한지 연신 이마에 맺힌 땀을 손등으로 닦아냈다.

"맞아! 경찰이 뭔데 이러는 거야!"

가장 발끈한 사람은 막내인 마코토였다. 서른은 됐을까. 한눈에 봐도 변변한 직업 없이 놀고먹는 한량처럼 보였다. 한량이라도 자유롭게 방랑하는 영혼이라면 괜찮겠지만 그의 얼굴에는 부모 돈으로 흥청망청 놀며 건달 생활을 해온 인상이 역력했다.

"내가 요트를 사든 로켓을 사든 당신이 알 바 아니잖아!"

나는 그의 말을 한 귀로 흘려보내며 입을 열었다.

"여러분 모두 오해하지 마시길 바랍니다. 저는 여러분이 무언가를 샀다는 점을 문제 삼는 게 아닙니다. 아버님께서 돌아가셨다고 믿고 후불로 물건을 구입하셨다는 점을 지적하는 겁니다. 아버님께서 돌아가시지 않고 소생하셨다면 어쩔 뻔했습니까? 당신들은 상당히 곤란한 상황에 처했을 겁니다."

세 사람은 말없이 서로 처다보았다.

나는 문득 주머니에 담긴 통학 정기권이 생각났다.

"여러분 중에 혹시 아이다 요시코라는 사람을 아시는 분 계십니까?"

나의 질문에 장녀 유키코의 남편 이시하마가 순간 놀란 표정을 지었으나 바로 무뚝뚝한 얼굴로 돌아왔다.

"기억나시죠? 아까 이마이즈미 씨의 딸이라고 주장했던 여자아이 말입니다."

"아, 그 사기꾼 계집애?"

장녀 유키코가 코웃음을 쳤다.

"뻔뻔스럽군! 그런 여자를 들어오게 하는 게 아니었어."

장남 하루유키도 맞장구를 쳤다.

"그 여자애도 조문을 했군요?"

내 물음에 갑자기 막내 마코토가 큰 소리로 물었다.

"그 애가 범인 아닐까?"

셋은 눈을 맞추더니 웅성웅성 아이다 요시코를 범인으로 몰고 가기 시작했다.

"조용히들 하세요!"

나는 벌떡 일어나 소리쳤다.

"여러분은 아이다 요시코라는 여자애가 사기꾼이라고 하더니 이제는 그녀가 범인이라고 주장하는 겁니까? 그녀가 친딸이 아니라면 유산 문제로 아버님을 죽일 이유가 없지 않습니까?"

세 남매는 다시 입을 굳게 다물었다.

"저 사람들 아주 진저리가 나."

내가 툴툴거리자 유코는 살며시 웃으며 말했다.

"아주 잘하고 있어. 내 교육이 성과가 있는지 우리 아저씨 실력이 많이 좋아졌는걸?"

나와 유코는 살인 현장인 관이 안치되었던 방으로 들어갔다. 장의사가 관을 옮길 때 제단과 여러 집기들을 정리해서 방에는 관을 올려두었던 받침대만 남아 있었다. 받침대는 대단한 물건이 아니라 큰 식탁에 바닥까지 내려오는 흰 천을 덮은 것이었다.

"돌아가신 이마이즈미라는 분도 참 특이한 양반이네."

"그렇게 생각해? 저 세 사람을 보면 누구라도 시험해보고 싶은 마음이 들지 않았을까?"

"하긴. 저런 몰상식한 자녀를 뒀다면 그럴 만도 하지. 범인은 대체 누구일까?"

"조문객 누구든 살인할 기회는 있었어. 이 방에는 한 사람씩 들어왔었고 관 덮개는 열려 있었으니까. 누군가 여기에 들어와 향에 불을 붙인 뒤 재빠르게 관 속의 누워 있는 아저씨를 찌른 후 아무렇지도 않은 얼굴로 거실로 돌아간 거야."

"누구였을까? 이마이즈미 씨가 아직 살아 있었다는 사실을 알고 있던 사람은?"

유코는 곰곰이 생각하더니 말을 이었다.

"나는 누가 살해했는지보다 왜 그랬는지 이유를 알고 싶어. 그리고 왜 하필 등을 찔렀는지."

"그 이유는 간단해. 가슴을 찔렀다면 다음에 들어오는 사람이 눈치를 챌 테니까."

"관 속에서 죽은 시늉을 하고 있는 사람의 등을 찌르는 건 쉽지 않을 텐데?"

"그건 또 그러네."

"게다가 이마이즈미 씨가 장례 첫날부터 여태 계속 관 속에만 있었을 리가 없잖아. 분명 상황을 살피다가 관에서 나왔을 거야."

"일리가 있군."

"옆방은 장례 의식 중에도 조문객들로 붐볐는데 어떻게 관에서 나왔을까? 나와서는 어디로 몸을 숨긴 거지?"

유코는 중얼거리며 흰 천으로 덮인 탁자 주위를 천천히 돌더니 슬며시 천을 들어올렸다.

"이거네. 아저씨! 여기 좀 봐."

탁자 바로 밑을 보니 3제곱미터 남짓한 입구가 있었다. 그 입구 안에는 사다리가 지하 밑까지 닿아 있었다.

"지하실이 있었나 보다."

"들어가 보자. 펜라이트 가지고 있지?"

"응. 있지."

나는 앞장서서 사다리를 내려갔다. 불빛을 비춰보니 다다미가 깔린 10제곱미터 정도의 방이 보였다. 방에는 선반과 책상 등 가구도 놓여 있었다.

"대단하군!"

"오래된 집에는 여기저기 비밀 장소가 있어서 매력적이야. 두근두근하지 않아?"

"그런가? 나는 이런 움막같이 침침한 곳은 영 체질이 아니라서."

"낭만이라곤 눈곱만큼도 없지. 단둘이 있을 때는 이런 어두운 곳 좋아하면서."

"그런 소리 남이 들으면 어쩌려고!"

"꺅! 내 엉덩이 만졌지? 변태 같으니라고!"

"만진 게 아니라 부딪친 거야. 정말이야."

둘이 실랑이를 벌이고 있을 때 위쪽에서 나를 부르는 소리가 들렸다.

하라다였다.

"유코, 우리 한번 놀라게 해줄까?"

나는 사다리를 타고 올라가 탁자 밑에서 나왔다. 그리고 탁자 위에 길게 늘어져 있는 흰 천을 머리에 썼다.

"우노 경감님, 안 계십니까?"

하라다가 방 입구에서 나를 찾고 있었다. 나는 슬그머니 일어나 유령처럼 흐느적거리며 하라다에게 다가갔다.

"으아악!"

하라다가 기겁하여 비명을 질렀다. 나는 이쯤에서 장난을 멈추고 쿡쿡 웃으며 흰 천을 걷어냈다. 순간 나는 너무 놀라 절로 뒷걸음질을 쳤다. 하라다가 권총을 쥐고 총부리를 나를 향해 겨누고 있지 않은가! 하라다는 어찌나 겁을 먹었는지 오만상을 찌푸리고 눈을 꽉 감고 있었다.

"이봐! 하라다! 그만둬!"

내가 그렇게 말하기도 전에 하라다는 눈을 감은 채 방아쇠를 당겼다.

3

"이런 바보 같은 놈!"

나는 펄펄 뛰며 화를 냈다.

"그 정도 일로 총을 쏘는 놈이 어디 있어?"

"면목 없습니다."

하라다는 어깨를 잔뜩 움츠렸다.

"어릴 때부터 귀신을 무서워했거든요. 지금도 귀신 생각만 하면 화장실도 못 갑니다."

유코가 킥킥대며 내 팔을 팔꿈치로 찔렀다.

"그렇게까지 혼내지 마. 아저씨도 잘못했잖아. 하라다 씨가 그럴 만도 했어."

나도 찔리는 구석이 있어 더 이상 야단은 치지 않기로 했다.

우리는 경찰차를 타고 통학 정기권의 주인인 아이다 요시코의 집으로 향했다. 학생증에 쓰여 있는 주소를 보고 찾아간 곳은 낡은 다세대 주택이었다. 나는 이번엔 꼭 하라다를 밖에서 기다리게 하고 싶었다. 녀석이 걸을 때 복도 바닥이 파이기라도 할까 봐 정말 걱정되었기 때문이었다. 다행히 바닥은 하라다의 체중을 잘 견뎌주었다. 계속 끼익끼익 비명을 지르기는 했지만 말이다. 우리는 손 글씨로 '아이다'라고 쓴 문패 앞에서 초인종을 눌렀다. 문패의 이름은 반쯤 지워져 있었다. 초인종이 망가졌는지 눌러도 아무 소리가 나지 않아 문을 쾅쾅 두드렸다. 그러자 문이 살짝 열렸다. 체인이 채워진 문 사이로 사진 속 소녀가 얼굴을 내밀었다.

"누구시죠?"

"경찰입니다."

내가 경찰수첩을 보여주자 그녀는 말없이 우리를 안으로 들여보내 주었다.

집 안은 휑하니 썰렁한 기운이 감돌았다.

"통학 정기권을 돌려드리려고요. 같이 사는 사람은 없습니까?"

"저 혼자 살아요. 엄마가 입원해 있어서요."

아이다 요시코가 대답했다.

"사정이 딱하시군요. 아버님은요?"

아이다 요시코는 무서운 표정으로 나를 노려봤다.

"제 아버지는 이마이즈미 센이치예요! 제가 거짓말을 하고 있다고 생각하시는군요?"

"아, 아니, 그렇지 않습니다. 증명할 만한 물건은 있습니까?"

"편지가 있어요."

"그럼 좀 보여주겠어요?"

그녀는 잠시 망설이다가 한 통의 편지를 가지고 왔다. 편지에는 짧은 시간 동안 정을 나눈 여자에게 이별을 고하는 내용이 담겨 있었고 그녀의 말대로 '이마이즈미 센이치'라는 서명이 있었다. 유코는 내 손에서 편지를 가져가 유심히 살펴보고는 소녀에게 다시 편지를 돌려주었다. 아이다 요시코는 편지를 낚아채듯 가져가 두 손에 꼭 쥐었다.

"그 편지를 오늘 장례식에서 보여줬습니까?"

"아뇨. 저를 무조건 사기꾼이라고 몰아세우는 통에 그럴 만한 여유가 없었어요. 근데 경찰서에서는 무슨 일로 오셨죠?"

"이마이즈미 센이치 씨의 살해 사건을 조사하러 왔습니다."

"살해 사건이요?"

아이다 요시코는 눈이 휘둥그레졌다.

"병으로 돌아가셨다고 들었는데요?"

나는 사건의 경위를 설명해주었다. 아이다 요시코는 더욱 놀라며 눈을 깜빡거렸다.

"그럼 제가 조문드렸을 때 아직 살아 계셨다는 말씀이네요?"

"가능성은 있지요. 그 전에 살해됐을지도 모르고요."

나의 말은 그녀에게 별 위로가 되지 못했다. 눈물이 뺨을 타고 뚝뚝 흘러내렸다. 연기라고 보기는 힘들었다. 진심이 느껴지는 눈물이었다. 그녀가 이마이즈미 센이치의 딸인지 아닌지 분명치 않지만 그녀는 그가 자신의 아버지라고 굳게 믿고 있었다. 유코가 물었다.

"조문할 때 관 속을 봤나요?"

"네, 아버지의 얼굴을 한 번이라도 보고 싶어서요."

"그랬겠네요. 달리 눈에 띄는 점은 없었나요?"

"네. 없었어요."

"당신 앞뒤로 조문을 한 사람이 누구였는지 기억나나요?"

"제 앞에는 나이 드신 의사 선생님이었고 제 다음에는 누군지는 몰라도 여자였어요."

그녀가 말하는 나이가 든 의사는 분명 요시다일 터였다.

나는 화제를 바꾸어 물었다.

"아버지에 대해서 어머니한테 이야기를 들은 적이 있습니까?"

"네, 어머니가 말씀해주셨어요."

"언제 이야기를 하시던가요?"

"어제요."

"어제?"

"여태까지 저는 제가 태어나자마자 바로 아버지가 돌아가셨다고 알고 있었어요."

"어머님은 지금껏 숨겨오시다가 왜 이제 와서 아버지에 대한 이야기를 꺼내신 겁니까?"

"아버지의 부고가 실린 기사를 보셨거든요."

"그런데 여태까지 왜 계속 비밀로 했던 거죠?"

"한창 연애 중일 때 엄마가 약속을 했대요. 아이가 생겨도 짐이 되지는 않겠다고요."

"그랬군요."

쉽지 않은 약속이다. 여자가 홀몸으로 딸을 이렇게 키우기까지

고생이 이만저만이 아니었을 텐데 그 약속을 끝까지 지켜내다니 대단하다.

"엄마는 바보 같아요. 남자한테도 책임이 있잖아요. 혼자만 책임 질 필요가 없는데!"

그녀의 울음 섞인 항변에 엄마를 향한 동정이 느껴졌다.

"장례식에 찾아가기로 한 건 본인 생각이었습니까?"

"네."

"왜 그런 결심을 한 거죠?"

"아버지가 어떤 사람인지 보고 싶었어요. 또……."

그녀는 잠시 뜸을 들이다 말을 이었다.

"엄마가 고생하셨던 걸 생각하니 너무 속상했어요. 조금이라도 보상받을 수 있다면 좋겠다고 생각했어요."

잠시 정적이 흘렀다.

"어머니의 건강 상태는 어떠세요?"

유코가 침묵을 깼다.

"과로 때문에 입원을 하셨어요. 난 고등학교 졸업 못 해도 상관없 는데……."

유코는 위로를 하려는 듯 아이다 요시코의 어깨에 손을 올렸다.

"안심해요. 잘 해결될 거니까요."

유코는 미소를 띠고 확신에 찬 목소리로 말했다.

"잘될 거라는 말을 그리 쉽게 해도 괜찮아?"

건물을 나온 나는 유코에게 물었다.

"그 세 남매가 저 애를 쉽게 인정해주지 않을 텐데."

"저 아이는 이마이즈미 씨의 딸이 아니야."

나는 놀라 유코를 쳐다봤다.

"뭐라고? 저 아이가 거짓말을 했다는 거야?"

"아까 본 편지 말이야. 난 이마이즈미 씨의 필체를 알거든. 그 편지에 쓰인 글씨체와 확연히 달라."

"그럼 그 편지는 누가?"

"이마이즈미 씨인 척한 사람."

"이런! 안타깝군."

나는 한숨을 쉬었다.

"그럼 방금 네가 한 말은 무슨 뜻이야? 잘 해결될 거라며?"

"그거? 아저씨가 저 애랑 결혼해주면 잘 해결되잖아."

나는 어처구니가 없어서 그저 멍하니 유코의 얼굴을 쳐다봤다.

"여자의 인생은 애처로워."

식당에서 저녁 식사를 하던 중 유코가 연민이 가득 담긴 목소리로 말했다. 유코는 검은색 원피스를 벗고 평소 즐겨 입는 밝은색 바지로 갈아입었다. 나도 흰색 양복은 서둘러 벗어버리고 지극히 평범한 양복으로 갈아입었다.

"여자의 인생은 정말 애처로워."

유코는 계속 같은 말을 반복했다.

"아이다 요시코의 어머니 말이야? 알고 보면 그런 인생 드문 것도 아니야."

"나라면 애 아빠를 정신이 바짝 들게 주먹을 날려줄 텐데."

"상대가 없으면 때리고 싶어도 못해."

"내 상대는 바로 여기 있는데?"

나는 유코의 말에 놀라 그녀를 바라보았다.

"그게 무슨 말이야? 너 혹시 아이를⋯⋯"

"만약에 그렇다면 말이야."

나는 가슴을 쓸어내렸다.

"그렇게 겁주지 마. 음식이 목에 걸릴 뻔했잖아."

"만약 애가 생기면 책임질 거지?"

"물론이지. 나는 예전부터⋯⋯."

"아, 오셨다."

유코는 식당 입구 쪽으로 눈을 돌렸다. 뒤를 돌아보니 이시하마 고이치로가 들어오는 게 아닌가. 그는 우리를 발견하고는 먼저 말을 걸었다.

"여기 계셨군요."

그는 어색한 웃음을 지으며 다가왔다.

"안녕하세요? 여기는 어찌 알고 오셨습니까?"

내가 당황하며 인사를 하자 유코가 새침한 얼굴로 말했다.

"내가 불렀어. 이쪽에 앉으세요. 이시하마 씨, 마실 거라도 주문하시겠어요?"

정말이지 유코는 항상 이런 식이다! 나에게 한마디 귀띔이라도 좀 해주지.

"하실 말씀이 뭡니까?"

이시하마가 물었다.

"아이다 요시코는 당신의 딸이죠?"

유코는 단도직입적으로 물었다. 이시하마는 놀라움을 감추지 못했다.

나는 이마이즈미 씨 자택 거실에서 아이다 요시코에 대해 질문을 던졌을 때 잠시 긴장하던 이시하마의 얼굴을 떠올렸다. 유코도 그 모습을 놓치지 않았나 보다.

"이시하마 씨가 쓴 거 맞죠? 요시코의 어머니한테 보낸 편지 말이에요."

유코가 거듭 추궁하자 이시하마는 마지못해 인정했다.

"아이다 다케코라는 여자와는 서로 뜨겁게 사랑했습니다. 비록 짧은 시간이기는 했지만요. 아내와 결혼하고 얼마 안 된 시기였습니다. 아내는 제 고용주의 딸이라 전 그저 허울만 남편이지 머슴이나 다름없는 존재였습니다. 그래도 이마이즈미 씨는 저한테 각별히 신경을 써주셔서 비서과장으로 승진까지 시켜주셨습니다. 아내한테 정나미가 떨어질 무렵에 아이다 다케코와 만났습니다. 상냥하고 정신력이 강한 여자였죠. 그녀를 사랑했지만 저는 아내한테 들키는 게 무서워 아이다에겐 제 이름을 이마이즈미라고 했습니다. 하지만 결국 아내는 제가 바람피운 사실을 눈치챘고 그녀에게 수차례 해코지를 했습니다. 더 이상은 두고 볼 수가 없어 제가 이별의 편지를 보내는 걸로 관계를 끝냈습니다. 딸이 있다는 말은 처음 들었습니다."

유코가 아이다 모녀가 처한 상황에 대해 이야기해주자 이시하마는 어두운 표정이 되었다.

"그랬군요. 알겠습니다."

"이시하마 씨, 두 모녀한테 힘이 되어주세요."

"네. 저도 전과는 다릅니다. 지금은 아내가 두렵지 않습니다."

이시하마는 미소를 지으며 말했다.

"요시코는 저의 첫 아이입니다. 걱정하지 마십시오. 책임지고 두 사람을 보살피겠습니다."

"다행이네요!"

유코는 와인을 쭉 마셔 잔을 비우며 말했다.

"이시하마 씨는 반드시 그렇게 말해줄 분이라고 생각했어요."

"그런데 제 글씨를 어떻게 알아보셨습니까?"

"사실은 몰라요."

유코는 순순히 사실을 밝혔다.

"그런데 어떻게 아셨습니까?"

"아까 요시코 이야기가 나왔을 때 이시하마 씨 표정을 보고 당신이 아버지라고 확신했어요."

이시하마는 어이없는 표정을 짓더니 곧 웃어넘겼다.

"이마이즈미 씨가 유코 씨를 왜 그렇게 예뻐하셨는지 알겠습니다."

이시하마는 고개를 돌려 내게 진지한 얼굴로 물었다.

"경감님, 수사의 향방은 어떻습니까?"

"현재 시점에서는 미지수입니다."

"그렇습니까. 이마이즈미 씨는 생전에 참 유별난 분이셨습니다. 제가 비서였던 시절에 그분께 특이한 명령을 받은 적이 한두 번이 아니었습니다."

"이마이즈미 씨가 무슨 일을 할 때마다 비서가 항상 도왔나요?"

유코가 물었다.

"그렇습니다. 실제로는 대부분 비서가 일을 했다고 봐야죠. 이마이즈미 씨는 일 처리를 능숙하게 해내는 분은 아니었어요. 혼자서는 못 하나 박으실 줄 몰랐죠."

"그렇다면 이번 사건도 누군가의 도움을 받았겠군요?"

"아마 그렇지 않을까요? 이렇게 복잡한 일을 이마이즈미 씨가 다른 사람의 손을 안 빌리고 스스로 할 리가 없습니다. 적어도 사카이 씨는 알고 있지 않았을까요?"

그때였다.

"우노 경감님!"

굵직한 목소리가 들려서 돌아보니 하라다였다.

"이봐, 여긴 식당이야."

내가 못마땅한 얼굴로 말했다.

"어이쿠, 죄송합니다. 그만 큰 소리를 내고 말았군요. 경감님, 그 소테 참 맛있어 보이는데요?"

하라다는 눈을 반짝이며 입맛을 다셨다.

"우선 용건부터 말하라고!"

"아, 맞다. 방금 전 만났던 여학생 말입니다."

"아이다 요시코를 말하는 건가?"

"네. 그 여학생이 습격을 받은 모양입니다."

"네에? 이럴 수가!"

유코가 벌떡 일어났다.

"죽지는 않았겠죠?"

"살아 있긴 한데 상태가 심각합니다. 지금 병원으로 모실까요?"

이시하마의 얼굴이 새파랗게 질렸다.

"저도 함께 가겠습니다."

"당연히 함께 가셔야죠. 자, 출발합시다."

나는 걸음을 서둘렀다. 하라다는 내가 남긴 소테가 아까운지 따라오면서도 연신 뒤를 돌아봤다.

"전화가 온 시간은 일곱 시쯤이었어요."

낡은 연립주택의 관리인은 기억을 더듬으며 말했다. 나이가 일흔에 가까워 보이는 할머니였다.

"이름은 뭐라던가요?"

"그게……. 뭐라고 했었는데."

"잘 생각해보세요."

나는 저절로 한숨이 나왔다.

"유키무라 이즈미라고 했던가?"

유코가 끼어들어 되물었다.

"혹시 이마이즈미 아니었나요?"

"맞아! 이마이즈미. 당신이 알고 있었으면 진작 말해주지 그랬어."

"남자였습니까?"

"남자였어. 여자는 분명 아니었으니까."

"그러고는 아이다 요시코한테 전화를 연결하셨나요?"

"그랬지. 전화 연결도 이 노인네는 금방 하질 못해. 여간 어려운 게 아냐. 전화 건 사람은 10엔짜리가 떨어진다고 빨리 해달라고 성화였어. 그럴 거면 처음부터 20엔 정도는 가지고 전화를 걸었어야지."

"아이다 요시코와 전화 상대는 무슨 이야기를 나눴습니까?"

"내가 알 리가 있나? 남의 전화 엿듣는 취미 따윈 없어."

"물론 그러시겠지만 수화기 밖으로 들려오는 소리가 있지 않았습니까?"

"글쎄……. 그러고 보니 여자애가 계속 '정말요?' 하면서 놀라는 소리를 듣긴 했어. 그러고는 바로 간다고 하면서 밖으로 나간 듯해."

우리는 사건 현장에 가보기로 했다. 그곳은 다름 아닌 이마이즈미의 집 바로 근처다. 주택가여서 밤에는 인적이 드물었다. 아이다 요시코가 사는 아파트에 있다가 이곳으로 오니 주변이 살풍경하게 보였다. 하늘까지 솟은 담장들. 길에는 오가는 사람 하나 없다.

"아저씨는 어떻게 생각해? 요시코가 이마이즈미 씨 집으로 가는 길에 당했나 본데……. 범인은 이마이즈미 씨 자식들이 아님은 확실해."

"음. 애초에 살인할 계획이었다면 관리인한테 본명을 밝힐 리가 없겠지."

"그 애가 전화로 한 정말이냐는 말, 도대체 무슨 의미였을까? 이마이즈미 씨 자식들이 요시코를 받아들인다고 했다면 상황이 딱딱 맞아 떨어져."

"설마!"

"범인은 요시코한테 그녀를 자식으로 인정한다고 하면서 미끼를 던진 것 같아. 증거인 편지를 가지고 집으로 찾아오게 하기 위해서 말야."

"그래서 바로 가겠다는 말을 했다고?"

"그 애가 발견됐을 때 편지를 가지고 있었대?"

"아니. 없었대. 집에도 없고."

"당연히 집에도 없겠지."

"돌아가는 상황을 보니 그 셋이 가장 의심스럽군."

"흠. 그런가?"

유코가 머리를 갸우뚱했다.

"왜 그래?"

"맘에 걸리는 게 있어."

"또 뭐가?"

"범인은 왜 이마이즈미 씨의 등을 찔렀냐는 거지."

유코는 또다시 골똘히 생각에 잠겼다.

4

걸음을 돌려 이마이즈미 댁에 가보니 거실에는 세 자녀와 사카이가 모여 있었다.

"안녕들 하셨습니까? 이거, 무슨 모임들 하시나요?"

"형사님."

이시하마 유키코가 담배를 피우며 건방지게 한마디 했다.

"오늘은 옷차림이 수수하시네요."

"평소에 이렇게 하고 다닙니다. 자택으로 돌아가신 게 아니었습니까?"

"집에 갔다가 다시 돌아왔어요. 상의할 일이 있어서요. 남편은 볼일이 있어 밖에 나갔고요."

나는 자신의 남편이 의식불명인 여자아이 곁에서 간호를 하고 있다는 사실을 안다면 이 여자가 어떻게 나올지 궁금했다.

"상의하고 계신 일이 뭔지 여쭈어봐도 되겠습니까?"

"말씀드리죠. 우리 셋이 의논한 결과 아이다 요시코라는 아이가 정확한 증거를 가지고 있다면 아버지의 자식으로 인정해주기로 했어요."

"그렇군요."

"전화를 해서 이쪽으로 오라고 연락을 했는데 아예 나타나지도 않더군요. 역시나 수작을 부린 거였어요."

"전화번호는 어떻게 알아내셨습니까?"

"그건 제가······."

사카이가 입을 열었다.

"형사님께서 보여주신 학생증을 토대로 좀 알아봤습니다."

"아이다 요시코의 아파트에 전화한 분이 사카이 씨입니까?"

"네. 접니다."

"불러놓고 길에서 그 애를 죽이려 했나요?"

아이다 요시코가 누군가의 칼에 찔렸다는 소식을 전해주자 유키코가 또다시 흥분하며 고래고래 소리를 질렀다.

"경감님! 지금 우리가 그런 짓을 했다는 말씀인가요?"

"아닙니까?"

"우린 모두 여기에 있었다고요! 사실이에요!"

"세 분이 그렇게 말씀하셔도 소용없습니다."

나는 딱 부러지게 말하고 사카이에게 물었다.

"사카이 씨는 이마이즈미 씨의 가짜 장례식에 대해 미리 알고 계셨죠?"

"아니······. 저는······. 그게······."

사카이는 몹시 당황하며 말을 더듬었다.

"모르실 리가 없습니다. 이마이즈미 씨는 어떤 일도 혼자 하지 못하는 분이었으니까요."

내가 단정 지어 말하니 사카이는 별도리가 없다는 듯 실토하기 시작했다.

"알고는 있었습니다만 일이 이 지경이 되니 사실을 말하기가 너무 어려웠습니다."

그는 흐르는 땀을 닦아냈다.

"이마이즈미 씨의 계획에 대해 다른 사람한테 말한 적은 없습니까?"

"없습니다. 아무한테도 말하지 않았습니다."

"사실입니까?"

"물론입니다!"

그의 말을 순순히 믿기는 어렵다. 사카이가 이 셋 중 누군가에게 말했을 가능성을 배제할 수 없다.

"아버지를 살해할 절호의 기회라고 생각했겠지."

병원으로 향하는 경찰차에서 유코가 말했다.

"이 사건은 모든 가능성을 열어둬야 해. 범행 기회를 호시탐탐 노렸던 사람이 한둘이 아니야. 저 세 자녀들 말고도 조문객 모두가 살인을 저지를 기회가 있었어. 꼭 유산 때문에 범행을 저지르란 법은 없잖아. 뭐, 유산이 원인인 게 확실한 것 같지만."

"모든 가능성이란 무슨 말이야?"

"처음부터 이마이즈미 씨의 계획을 알고 죽이려는 계획을 짰는지, 혹은 죽었다고 생각하고 비싼 물건을 구입했는데 살아 있는 걸 알고 일을 저질렀는지, 아니면……."

"아니면?"

유코는 팔짱을 끼고 말을 이었다.

"생각 중이야. 어쩌면 금방 사건이 풀릴지도 몰라."

"요시코를 공격한 사람도 동일범일까?"

"찌른 부위가 등이었다는 점이 같긴 한데……."

"난 아무래도 그 세 자녀가 가장 의심스러워."

"나도 그래. 근데 그 세 명 이외에 한 명 더 있지."

"한 명 더? 누구?"

"이시하마 고이치로."

"엥? 설마."

"왜? 가능성 있지. 숨겨둔 자식의 존재를 부인한테 들키는 걸 두려워했잖아."

"근데 그는 사건이 일어난 시각에 우리랑 같이 있었잖아?"

"식당에 오기 전에 범행을 저질렀을 가능성도 있지. 시간적으로는 여유가 있었으니까."

"유코, 넌 무서운 여자야. 그럼 그가 친딸을 살해하려 했다는 거야?"

유코는 웃으며 말했다.

"이론상의 가능성이라는 거지. 명탐정은 원래 냉철한 거야."

병원에 도착한 우리는 요시코가 있는 병실에 들어갔다. 마침 의사가 환자의 상태를 살피고 있었다. 이시하마는 뒤로 조금 물러나 걱정스러운 얼굴로 지켜보고 있었다.

"어떻습니까? 선생님."

내가 물으니 의사는 청진기를 흰 가운 주머니에 집어넣고 말했다.

"위기는 넘겼습니다. 아직 젊으니 금방 회복될 겁니다."

"다행이다!"

이시하마가 안도의 숨을 내쉬었다.

"다행이네요, 이시하마 씨."

유코는 방금 전까지 그를 범인 취급해놓고 언제 그랬냐는 듯 미소를 지었다. 역시 여자는 무서운 동물이다.

좀처럼 보기 드문 장면이었다.

같은 사람의 장례식이 두 번씩 치러지는 일은 흔치 않다.

이마이즈미 센이치의 진짜 장례식은 집안사람끼리만 모여 진행되었다. 그전에 비교해 조촐하고 조용했으나 분위기는 심상치 않았다. 그도 그럴 것이 이 사람들 중에 범인이 있을지도 모르기 때문이다.

요시코는 의식을 되찾았지만 범인이 누군지는 기억하지 못했다. 갑자기 등을 칼에 찔려 의식을 잃었다고 했다.

아버지인 이시하마는 그녀에게 그동안 있던 일들을 설명해주었고 그녀도 납득을 한 모양이었다. 이시하마가 그녀와 그녀의 어머니를 어떻게 보살필지는 모르겠지만 어쨌든 좋은 방향으로 해결되어가고 있다는 점은 분명했다.

"저는 운이 좋아요."

병문안을 온 유코와 나에게 요시코는 그런 끔찍한 일을 당했던 사람이라는 게 믿어지지 않을 정도로 밝은 미소를 지었다.

"제 심장은 오른쪽에 있어요. 보통 사람과 반대 방향이죠. 왼쪽에 있었다면 벌써 이 세상에 없겠죠."

병원을 나와 이마이즈미 씨의 장례식으로 향하는 택시 안에서 유코가 말했다.

"오른쪽 심장이라……. 낭만적이네."

"너도 그렇잖아?"

"난 왼쪽에 있는데?"

"그랬어? 왼쪽과 오른쪽에 각각 하나씩 있는 게 아니고?"

유코가 팔꿈치로 내 옆구리를 팍팍 찔렀다.

"아야야……."

"맞다!"

갑자기 유코가 크게 소리쳤다.

"기사님, 다시 병원으로 돌아가 주세요."

"아니야, 유코. 나는 괜찮아. 뼈 안 부러졌어."

"무슨 소리야! 지금 사건 실마리를 잡았어!"

유코의 눈은 빛나고 있었다. 지금쯤 장례식은 끝났을 텐데.

"대체 어디 간 거야?"

언제부터인가 유코의 모습이 보이지 않았다. 혼자서 또 무슨 일을 하고 있는지. 나는 한숨을 쉬었다. 내게 한마디 말이라도 해주면 좋으련만 명탐정 유코는 왜 이리도 명탐정 티를 낼까.

"우노 경감님."

하라다가 나를 부르며 어슬렁어슬렁 다가왔다.

"유코 씨는 어디 가셨어요? 혹시 차이셨습니까?"

내가 널 차서 달나라라도 보내주고 싶다.

"몰라. 아까부터 안 보여. 또 어딘가에서 탐정 놀이를 하고 있겠지. 자네도 찾아보게."

"알겠습니다."

이번엔 관도 무사히 영구차에 실려 화장터로 떠났다. 영구차의 뒤를 따르는 차량이 시야에서 사라지자 집 안에는 적적한 분위기가 찾아왔다.

"유코! 어디 있어? 유코!"

나는 온 집 안을 살펴봤지만 유코의 모습은 그 어디에도 보이지 않았다.

"이봐, 하라다. 찾았어?"

"안 보입니다."

하라다는 게걸스럽게 뭔가를 먹으며 고개를 저었다. 유코를 찾으러 다니는 건지 허기진 배를 채우러 다니는 건지 모르겠다.

"아! 그렇지!"

불현듯 든 생각에 나는 이마를 쳤다. 지하실이다! 나는 지난번 발견한 관 받침대 밑의 비밀 공간으로 들어가 펜라이트로 안을 비추어보았다.

"어두워서 보이지 않는군. 하라다, 손전등 있나?"

"네. 있습니다."

"줘봐. 유코, 거기 있어?"

나는 손전등을 지하실의 바닥에 비추고는 깜짝 놀랐다. 바닥에는 이마이즈미 씨의 관이 있지 않은가!

"아니! 이게 어떻게 된 거야?"

나는 깜짝 놀라 입을 다물지 못했다.

"이상하네요. 분명히 영구차는 방금 떠났는데……."

온몸의 피가 마르고 얼굴이 바싹바싹 타들어가는 느낌이 들었다.

"유코야."

"네?"

"영구차가 싣고 간 관 속에 유코가 있다고!"

"뭐라고요?"

"범인한테 당했을 거야. 빨리 가야 해. 서두르지 않으면 유코의 몸이 잿더미가 된다고!"

나와 하라다는 저택을 뛰쳐나왔다.

아무리 경찰차라고는 해도 날아가지는 못한다. 화장터에 도착했을 때 이미 영구차는 주차까지 마친 후였고 관은 차 안에 없었다. 유족의 모습도 보이지 않았다.

"서둘러!"

이렇게 필사적으로 달린 게 몇 개월 만인가? 지금 이 기록을 누가 측정했다면 전국체전에 나가도 될 정도였을 거다. 하라다도 나를 바짝 쫓아왔다.

긴 복도 끝에 있는 화장터 가마 입구에는 이마이즈미 씨의 유족과 지인들이 검은 옷을 입고 줄지어 있었다. 마침 그 나무 관을 가마 안으로 넣으려는 순간이었다.

"멈춰!"

나는 큰 소리로 외쳤다.

"그 관을 넣지 말란 말이오!"

마치 연극의 한 장면 같았다.

놀란 유족들 사이를 헤치고 하라다는 관으로 다가갔다. 그는 가뿐히 관을 들어 올려 바닥에 내려놓고는 칼을 관 덮개에 비집어 넣었다. 하라다는 괴력을 발휘해 판자를 과자 쪼개듯 부쉈다.

관 안에는 유코가 누워 있었다.

"방심했어."

유코는 정신이 들자 냉수를 벌컥벌컥 들이켰다. 겨우 숨을 돌린 모양이다.

"상대가 노인이라 나 혼자 상대하려고 했지."

"범인은 그 요시다라는 의사란 말이군."

우리들은 화장터 대기실에 모여 앉았다. 요시다의 모습은 아까부터 보이지 않았다. 내가 하라다에게 눈짓을 보내자 하라다가 그의 행방을 알아보려 대기실을 나갔다.

유코가 상황을 설명했다.

"유언장에는 요시다 씨도 거액을 물려받기로 되어 있었어. 물론 세 자녀와 비교하면 적은 액수지만. 그는 돈 욕심이 났던 거야. 아들이 병원을 새로 지을 때 대출을 받았는데 돈을 급히 갚아야 했대. 이마이즈미 씨가 가짜 장례식 계획을 말했을 때 결심을 했다고 하더라고."

"넌 어떻게 요시다가 범인인 줄 알아낸 거야?"

"요시코 덕분에."

유코는 말끔히 기운을 되찾은 듯 보였다.

"요시코는 나이 든 의사 다음에 조문을 하러 방에 들어갔다고 했어. 요시코는 어떻게 요시다가 의사인 줄 알았을까? 장례식이라 흰 의사 가운을 입고 있지도 않았는데 말이지. 주위 사람들한테 물었을 리도 없잖아. 그래서 아까 병원에 물어보러 간 거야."

"요시코는 뭐래?"

"청진기. 요시다 주머니에서 청진기가 튀어나와 있었대. 아무리 직업의식이 투철한 의사라도 장례식에 청진기를 가지고 다니지는 않아."

"그 말은……."

"아무리 생각해도 왜 하필 범인은 이마이즈미 씨의 등을 찔렀는지 궁금증이 풀리지 않았었거든. 그 좁은 관 속에서 등을 찌르는 일은 불가능해. 그렇다면 피해자가 스스로 등을 돌리고 엎드린 자세를 취했다는 결론에 도달했어."

유코는 숨을 가다듬고 말을 이어나갔다.

"이마이즈미 씨가 엎드린 자세를 취한 이유는 청진기로 진찰을 받으려 했기 때문이겠지. 그날은 20년간 계속 해오던 정기 진찰일이었어. 요시다 씨는 그날도 진찰은 빠뜨리지 말자고 청진기까지 준비해 왔다며 주머니에서 청진기를 보여줬을 테지. 이마이즈미 씨 성격에 관에서 받는 진찰도 재미있겠다 싶었을 테니 흔쾌히 따랐겠지. 요시다는 청진기에 가슴을 대보고 그다음에는 등을 대본다며 뒤돌아 누우라고 했을 테고. 그러고는 수술용 칼인지는 모르겠지만 가져온 칼로 찌른 거야. 그 칼은 심장을 관통했어. 그다음에 다시 몸을 정면으로 돌려놓은 거야. 여기까지는 완벽했지만 방에서 나올 때 주머니에서 튀어나온 청진기를 요시코가 보고 말았어. 그리고 피가 관에서 새어 나왔고."

"그래서 요시코를 살해하려 든 거야?"

"유키코 씨가 요시코를 불렀을 때 요시다 씨도 유산상속인 중에 한 명이니까 같이 집으로 불렀었나 봐. 요시다 씨는 저택으로 가는 길에 우연히 요시코가 걸어가는 모습을 본 거야. 왜 이마이즈미 씨 댁에 가고 있는지 이유를 몰랐던 요시다 씨는 불현듯 그녀가 청진기를 들고 있었던 자신을 의아하게 생각할 거라는 걱정이 든 게지. 요시코 본인은 벌써 잊고 있었는데 말이야. 도둑이 제 발 저리다고 요시다 씨는 혼자서 엄청난 불안감에 휩싸였던 거야. 결국 그는 가로등 밑에서 그녀의 등을 찔렀어. 그러고는 그녀가 가지고 있던 편지를 발견하고 그 내용을 읽어보았어."

"그렇다면 계획된 범행은 아닌데 칼은 왜 소지하고 있던 거지?"

"일이 잘못되면 스스로 목숨을 끊으려고 했었나 봐."

"너도 하마터면 큰일 날 뻔했어."

"관에서 또 피가 나오면 안 되니까 날 기절만 시킨 거야. 정확히 명치 부분을 가격해서 순간적으로 기절했어. 의사는 의사였어."

"지금 감탄하고 있을 때야?"

그때 하라다가 들어왔다.

"우노 경감님!"

"무슨 일인가?"

"범인이 건물 옆에서……."

하라다는 손으로 목을 자르는 동작을 해 보였다.

"산 채로 관에 들어가는 경험을 해본 사람이 많지는 않겠지?"

유코는 스키야키를 순식간에 먹어치우며 말했다.

"귀중한 경험이었어."

"그런 소리가 나오냐?"

나는 어처구니가 없었다.

"내가 한발만 더 늦었으면 너 뼈와 재만 남을 뻔했어."

"그랬다면 이 세상에 큰 손해겠지."

"세상이고 뭐고 나한테는 엄청난 손해야."

"관 속은 편안하더라고. 드라큘라가 애용할 만해. 어때? 드라큘라 문양이 들어간 관 모양 침대를 만들면 떼돈 벌지 않을까?"

유코가 눈을 반짝거렸다.

"아이고. 못 말려, 진짜."

나는 배불리 밥을 먹은 후 차를 마시며 말했다.

"흠. 그 드라큘라 침대 말이야, 더블 침대도 있겠지?"

"물론이지!"

유코는 사랑스럽게 미소를 지었다.

"그럼 신제품 개발을 위해 둘이 침대를 연구하러 갈까나?"

나는 그녀의 제안에 반대할 이유가 없었다.

여대생 나가이 유코와 우노 경감,
명콤비의 매력에 푹 빠지다

한성례

　『유령 후보생』은 일본 엔터테인먼트 소설계를 대표하는 작가 아카가와 지로가 쓴 '유령' 시리즈의 두 번째 이야기다. 이 시리즈는 아카가와 지로의 여러 시리즈물 중에서 가장 완성도가 높다. 저자도 가장 애착을 갖는 작품이라고 한다.

　역자 또한 이 시리즈를 번역하면서 여대생 나가이 유코와 40대 우노 경감 콤비의 매력에 푹 빠졌다. 이 둘은 시리즈의 첫 이야기 『유령 열차』에서 처음 만났고 함께 사건을 해결하면서 연인 사이로 발전했다. 두 사람은 평소엔 아웅다웅 사랑 다툼에 정신없다가도 사건만 접하면 눈을 반짝이며 달려든다.

　독자들도 날카로운 추리력을 가진 유코와 늘 허둥대는 것처럼 보여도 든든하게 그녀를 뒷받침해주는 우노 경감의 모습을 좇다 보면 어느새 책의 마지막 장을 덮고 있을 것이다.

다섯 편의 이야기가 실린 이 소설은 각 편마다 다양한 장소에서 살인 사건이 일어난다.

K 호수가 배경인 「유령 후보생」은 글 첫머리부터 읽는 이의 가슴을 철렁하게 만든다. 주인공 나가이 유코가 탄 승용차가 K 호수에 빠졌다. 승용차는 건져냈으나 유코와 그녀의 친구는 찾지 못한다. 그런데 슬픔에 잠긴 우노 경감 앞에 유코가 떡하니 등장한다. 그것도 유부녀인 상태로! 이런 상황을 납득하기 힘든 우노 경감은 어떻게든 예전의 유코를 되찾으려 애쓴다. 유코는 무사히 그의 품에 돌아올 수 있을까.

두 번째 장 「쌍둥이의 집」은 상대방이 자신을 죽이려 한다고 우기는 쌍둥이 형제가 등장한다. 개인 경호원을 고용하면 될 텐데 굳이 경시청에다 자신을 보호해달란다. 우노 경감은 이야기나 한번 들어보자는 마음으로 그들을 만나고, 쌍둥이는 앞다투어 그를 자기 집으로 초대한다. 놀라우리만치 똑같이 생긴 쌍둥이의 집에서 우노 경감과 유코는 또다시 살인 사건과 맞닥뜨린다.

세 번째 장 「사자는 잠들었다」는 유코가 과외 아르바이트를 하는 학생 집에서 일어난 살인 사건 이야기다. 유코는 학생 가족이 휴가를 떠나 있는 동안 빈집을 지켜달라는 부탁을 받는다. 우노 경감은 그녀와 함께 집을 지키기로 한다. 그런데 그 집에서 키운다는 애완

동물은 강아지가 아니라 사자였다! 놀란 가슴을 겨우 쓸어내린 그들 앞에 처참하게 물어뜯긴 시체가 나타난다. 학생 어머니와 연인 관계라는 남자도 등장하면서 심상치 않은 분위기가 감돈다.

네 번째 장 「거리에 비가 내리듯」은 대학생들이 함께 떠난 캠핑지에서 자살한 시체가 발견되는 이야기이다. 그날 밤 캠핑지에 있던 학생들 누구도 밤새 빗소리를 듣지 못했다고 하는데 자살한 시체는 비에 흠뻑 젖어 있다. 두 사람은 이 미심쩍은 수수께끼를 어떻게 하나하나 풀어나갈까.

마지막 장 「잠자는 관 속의 미녀」는 유코와 우노 경감이 참석한 장례식장에서 벌어진 사건 이야기다. 유코를 예뻐해주던 아버지 친구의 장례식이었다. 자기가 죽었을 때 자식들이 어떤 반응을 보일지 확인해보고 싶어 거짓으로 꾸민 장례식이었는데 주인공은 관 속에 든 채 진짜로 살해당한다. 실제 장례식이 되고 만 것이다. 사건 해결을 위해서라면 물불 안 가리는 유코가 이번에는 관 속에 들어가기조차 서슴지 않는다. 그러다 유코가 들어간 관이 화장장에 들어가기 일보 직전인 지경에 이르고 만다. 과연 우노 경감은 유코를 구할 수 있을까.

아카가와 지로의 미스터리 소설에는 독자가 읽으면서 감당하기

버거운 무거운 분위기도, 이해하기 힘든 어려운 설정도 없다. 다양한 인물들이 복잡한 관계를 만들어내지도 않는다. 그러나 작가는 적절하게 강약을 조절하고 배합해서 어떻게 사건이 전개될지 궁금증을 유발하게 만든다. 밝은 필체로 글을 쓴 덕분에 가볍게 읽을 수 있으며 깔끔하게 마무리를 짓는 방식 또한 아카가와 지로의 특징이다.

　이번 이야기를 읽으면서도 이 명콤비와 유원지에 소풍 가서 실컷 놀다 온 기분이 들었다. 맘껏 소리를 지르면서 무서운 놀이 기구도 타고 귀신의 집에도 들어갔다 온 느낌이다. 또다시 재미있는 소풍을 가고 싶은 마음에 벌써부터 다음 권이 기대된다.